КЛОДІН ҐАСТОН
ТА КРІСТІАН КАМАРА

ЛАБІРИНТИ

ЖЕРЕМІ КЛЕЙС

ПІЗНАВАЛЬНА КНИЖКА-ГРА

ТІЛО ЛЮДИНИ

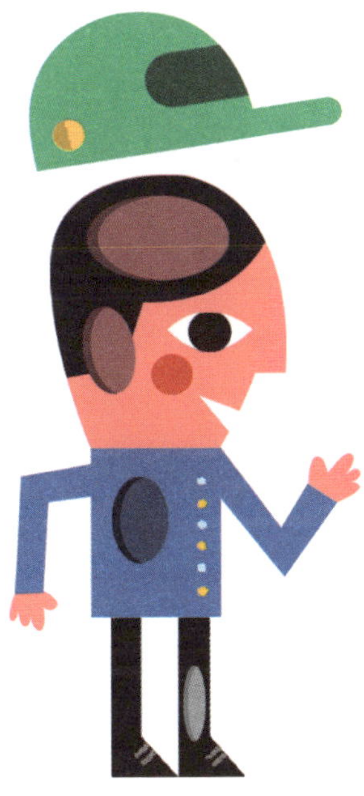

АРТБУКС
ВИДАВНИЧИЙ ДІМ

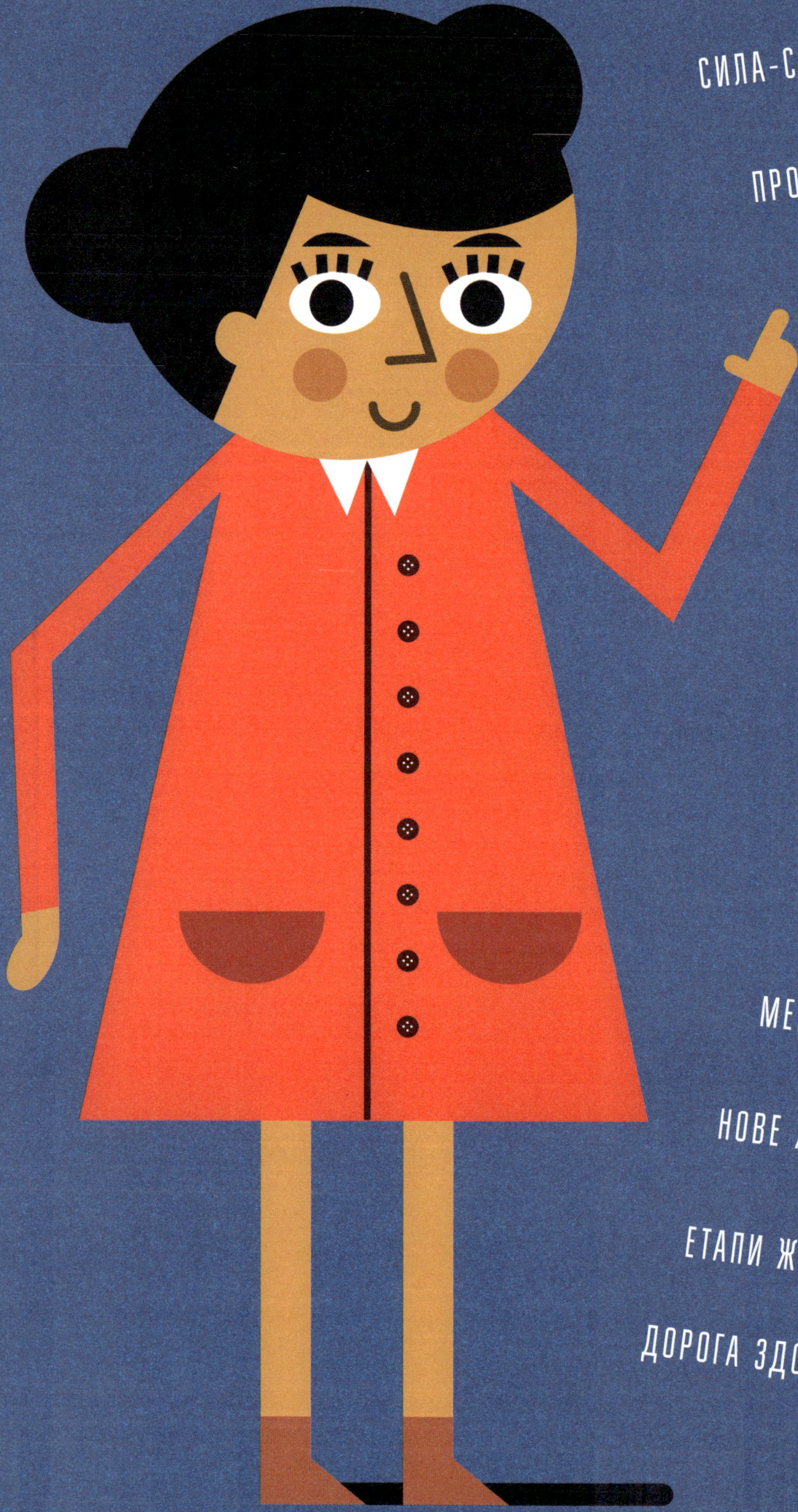

ПЕРЕДМОВА

Уяви подорож усередину людського тіла, під час якої ти дізнаєшся таємниці роботи цього бездоганного механізму...

У сімнадцяти лабіринтах ти зможеш прогулятися посеред кісток та м’язів, пройти шляхом повітря в легенях або крові в артеріях та венах. А також зустрінешся з мікробами, відстежиш обіг води та поживних речовин у організмі.

Після екскурсії по мозку й органах чуття, після прогулянки по дорозі здоров’я та подорожі до початку життя в тебе вже не залишиться сумнівів у тому, що навчання — це захоплива гра!

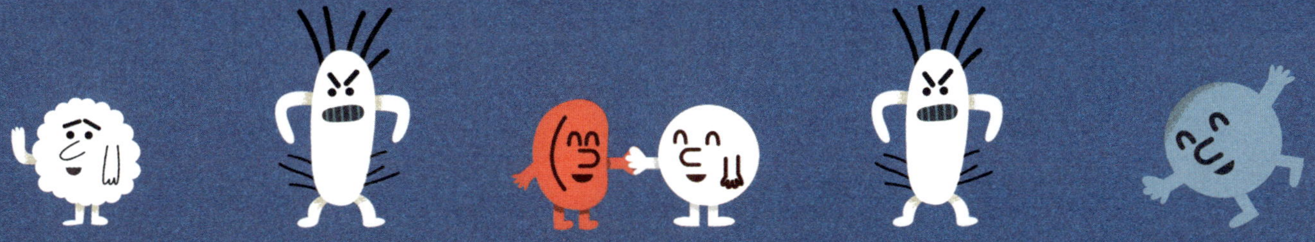

ОСОБИСТА ОХОРОНА

Під надійною охороною шкіри тіло не боїться ні холоду, ні спеки. Ця захисна оболонка обмежує коливання температури та пом'якшує стрес для організму. До того ж, вона дуже чутлива! Ласка, лоскіт, уколи... Ніщо не сховається від її спеціальних тактильних датчиків. Шкіра — найкращий охоронець нашого тіла!

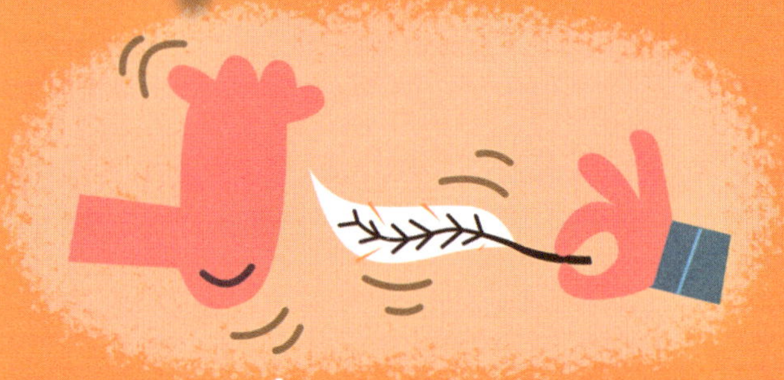

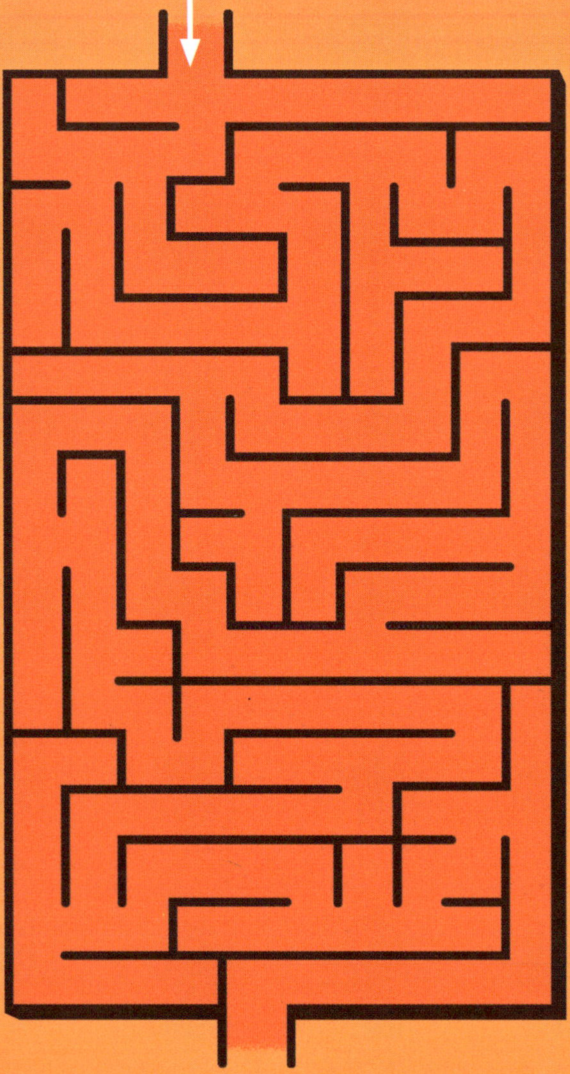

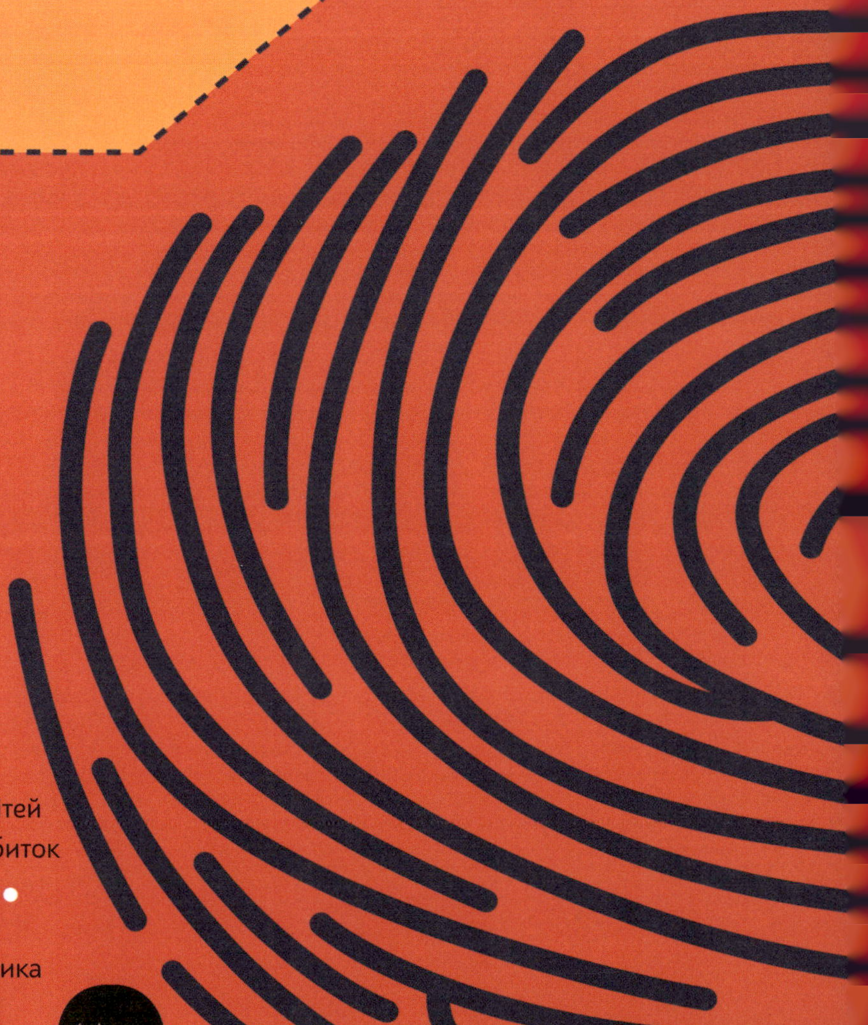

Кому з цих двох дітей належить цей відбиток пальця? Піди лабіринтом, щоб знайти власника відбитка.

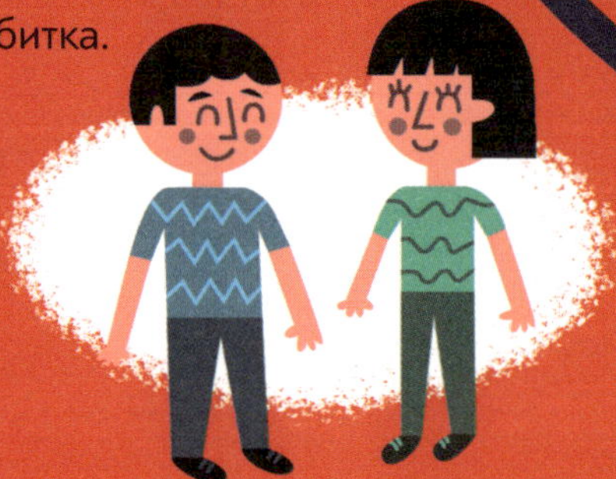

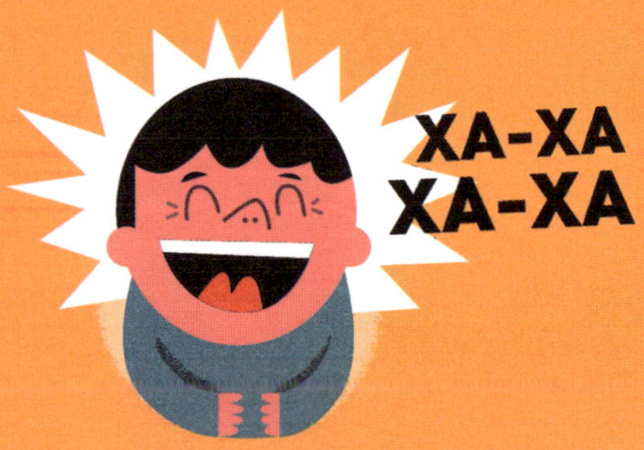

Чутливі датчики, що вкривають поверхню шкіри, активуються за найменшої тривоги. Біп-біп! Сигнал отримано, і мозок негайно реагує. Саме тому тобі так важко протистояти лоскоту!

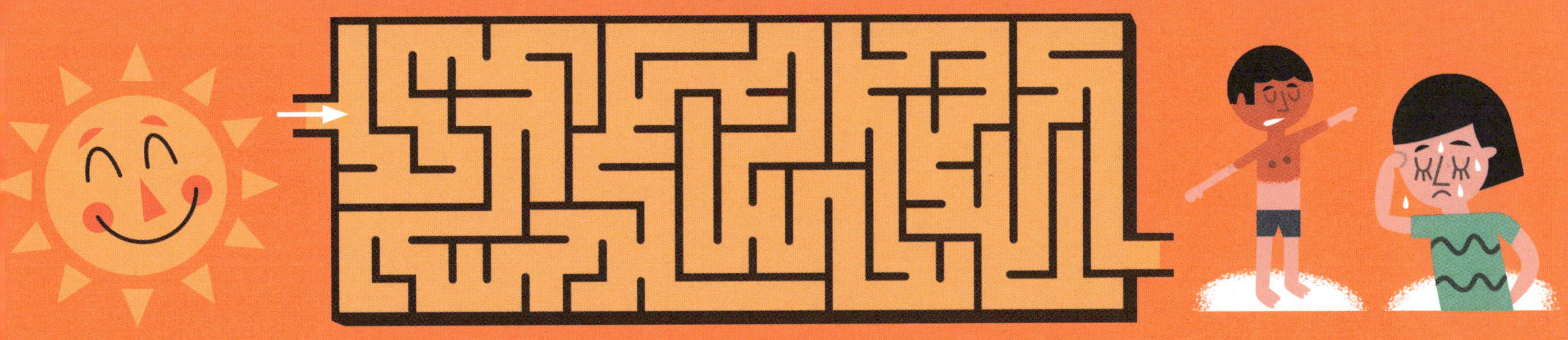

Коли сонце припікає надто сильно, шкіра починає діяти як кондиціонер. Зайве тепло виводиться з потом через пори в шкірі. І якщо ти засмагаєш під сонцем, краще берегтися від його випромінювання. Шкіра й так напружено працює, щоб тебе захистити.

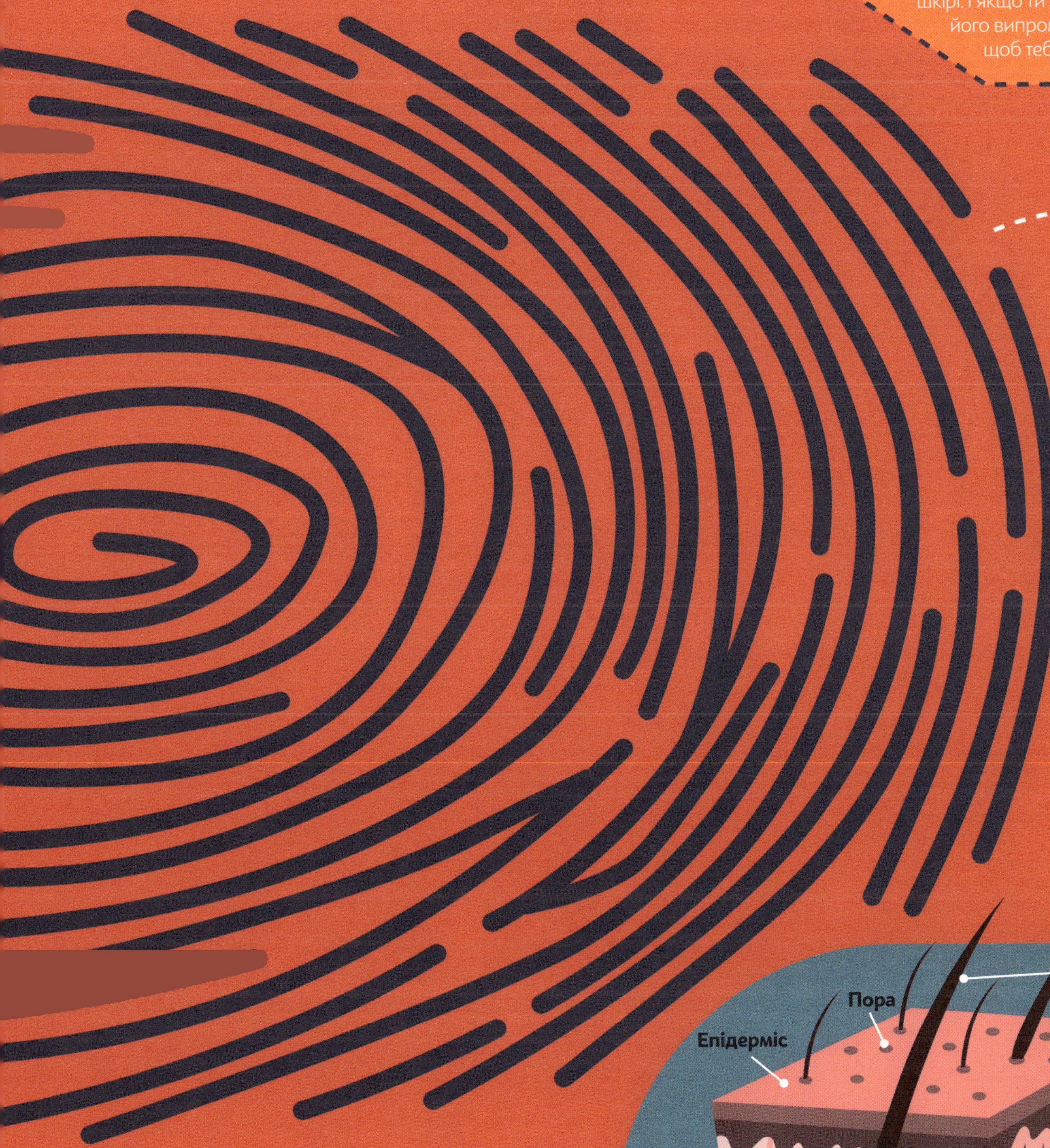

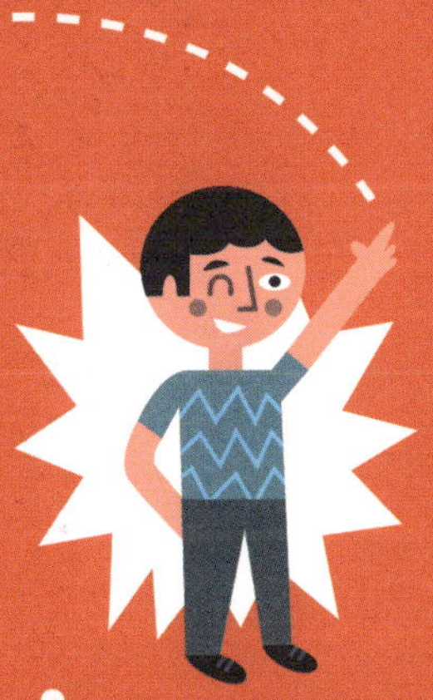

На кінчиках пальців ти носиш справжнісіньке посвідчення особи, яке позначає тонкою жировою плівкою все, чого ти торкаєшся. Хоча ці сліди невидимі, їх досить легко зібрати, щоб визначити власника. Тому що ні в кого в світі немає однакових відбитків!

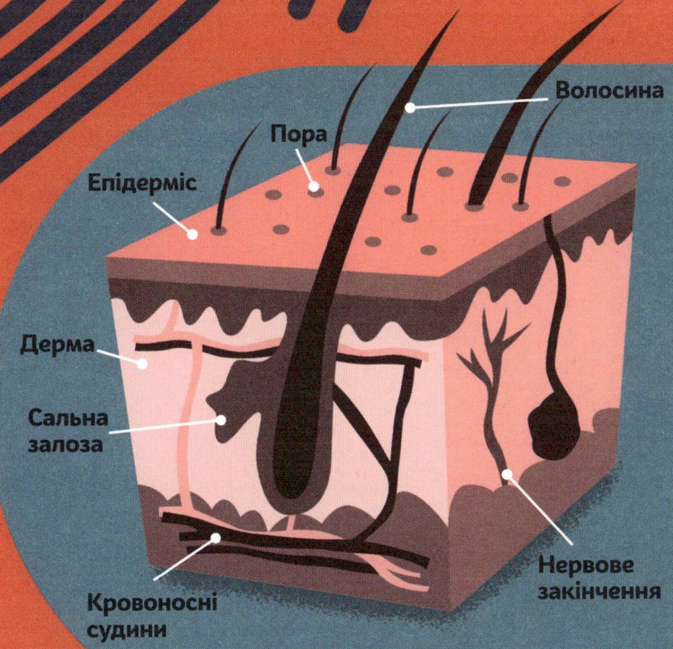

ТВОЯ ШКІРА В РОЗРІЗІ

Багата на кровоносні судини та нервові закінчення, наша шкіра живе власним життям. Доказ: вона безперервно виробляє волосся. А біля його коренів сальні залози виробляють шкірний жир - жирову плівку, що запобігає висушуванню епідермісу.

СИЛА-СИЛЕННА КІСТОК

Скелет захищає твої органи, дозволяє тобі рухатись і залишатись у вертикальному положенні. Його 206 кісток, рухливих у місцях розташування суглобів, зібрані в конструкцію з надзвичайно точною механікою. Оскар, наш скелет, загубив кілька кісток. Допоможи йому їх знайти, вибравши правильний шлях. Будь уважний, щоб не піти хибним маршрутом!

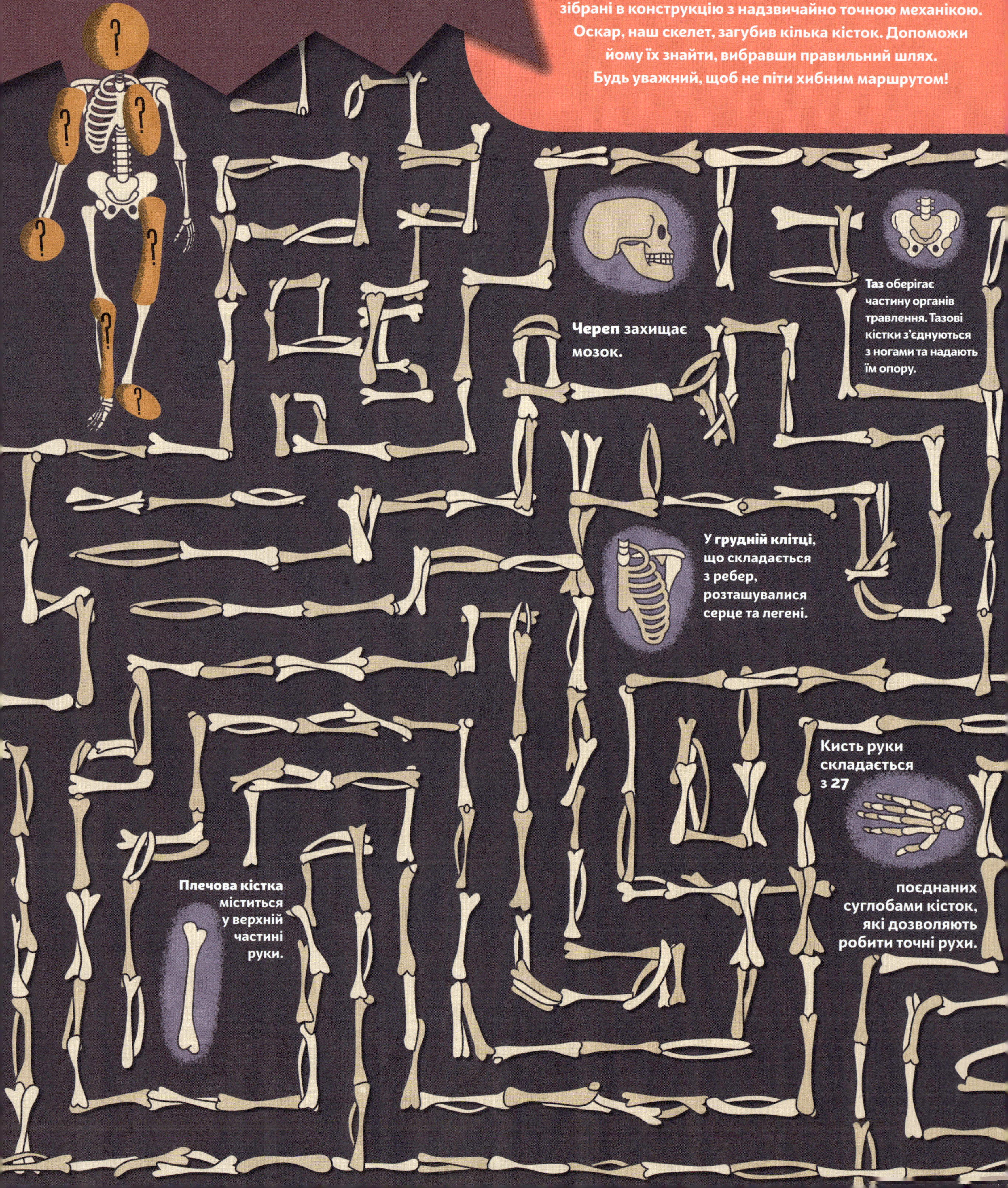

Кожна рука рухається в районі плеча за допомогою м'язів і пласких кісток, розташованих на спині — лопаток.

Велика гомілкова кістка може витримувати дуже велике навантаження.

Хребетний стовп складається з 33 хребців, поєднаних між собою, та підтримує весь скелет. Завдяки йому ти можеш стояти прямо!

Стегнова кістка — найбільша трубчаста кістка у скелеті.

Кістки стопи підтримують усю вагу тіла.

Добре, що скелет такий міцний, адже на ньому тримається все тіло! Його кістки складаються з дуже твердого матеріалу, багатого на кальцій. Їх живлення забезпечують кровоносні судини. Щоб рости і підтримувати здоров'я кісток, потрібно споживати якомога більше кальцію — речовини, що міститься в молочних продуктах.

ПРОГУЛЯНКА З М'ЯЗАМИ

Простягнути або зігнути руку, стрибати, танцювати… ти виконуєш ці рухи, навіть не замислюючись над цим. Твої м'язи, скорочуючись, приводять у рух кістки в місцях розташування суглобів. Кожен рух використовує певні м'язи. Для кожного положення танцівників знайди м'язи, що задіяні в цих рухах.

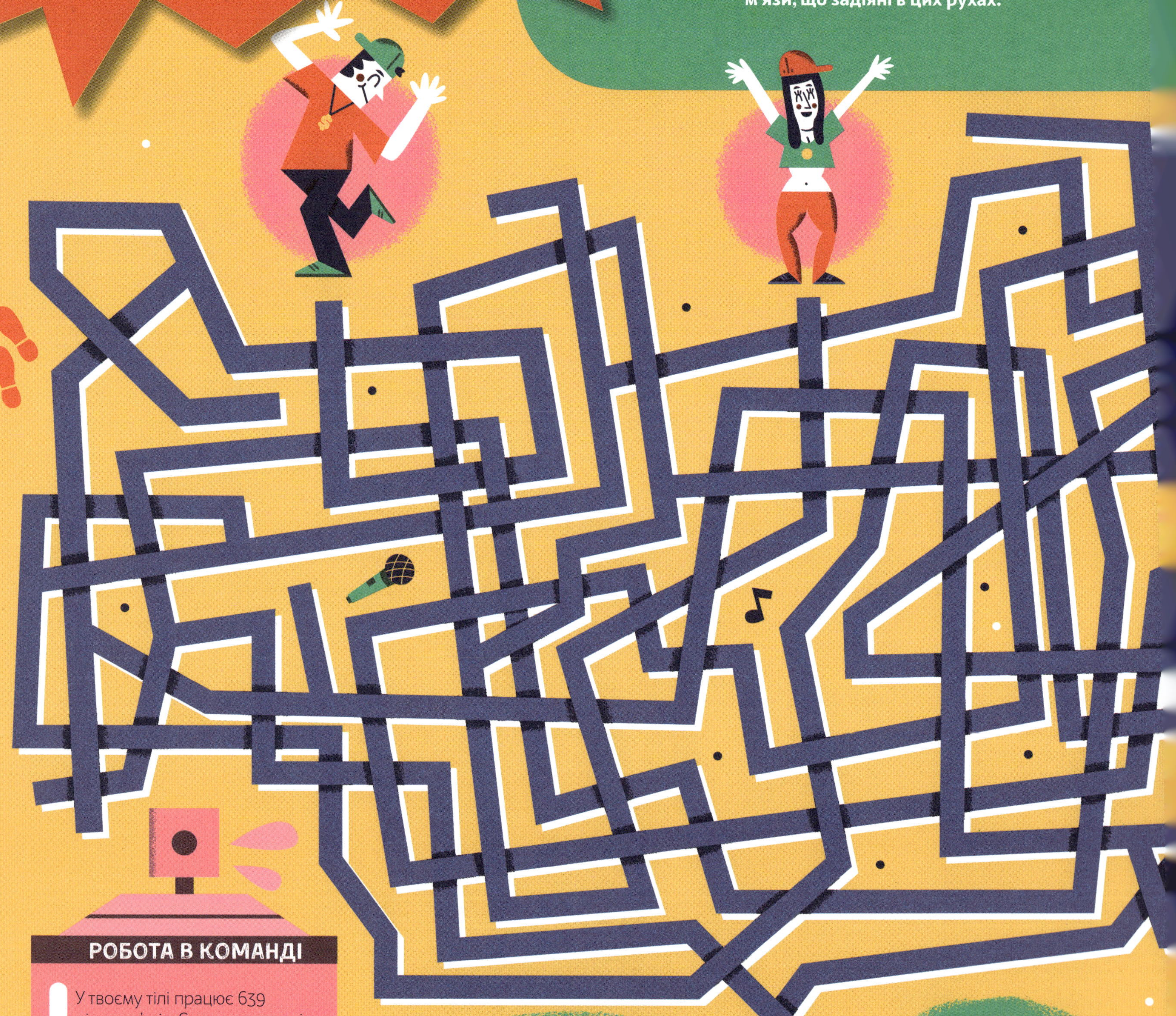

РОБОТА В КОМАНДІ

У твоєму тілі працює 639 різних м'язів. Серед них за всі рухи відповідають скелетні м'язи, що міцно приєднані до кісток сухожиллями. Коли ти вирішуєш поворушити рукою чи ногою, відповідний м'яз скорочується. Наче важіль, він тягне за кістку, наближаючись до неї.

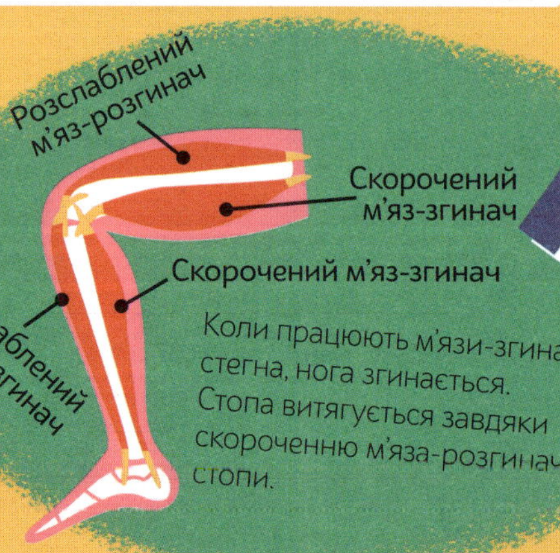

Коли працюють м'язи-згиначі стегна, нога згинається. Стопа витягується завдяки скороченню м'яза-розгинача стопи.

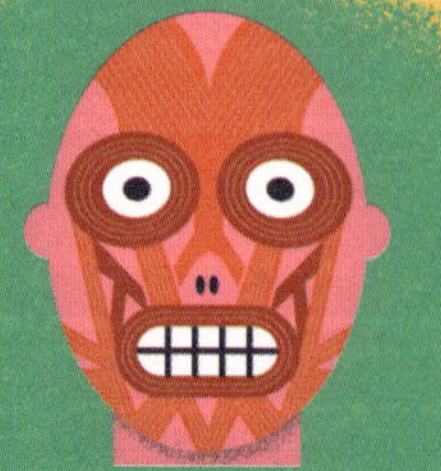

М'язи, приховані під шкірою обличчя, піднімають куточки рота. Яка чудова усмішка!

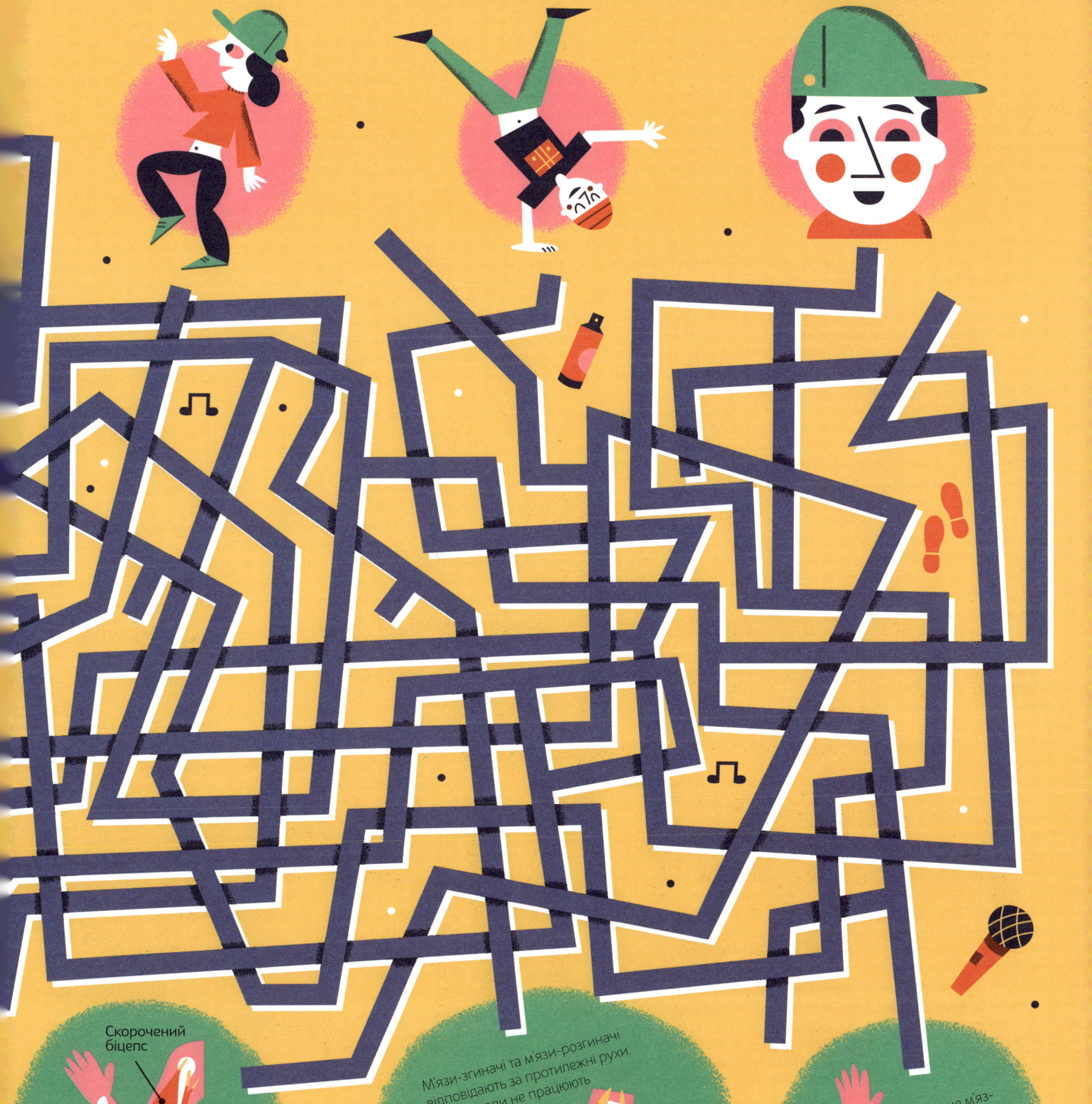

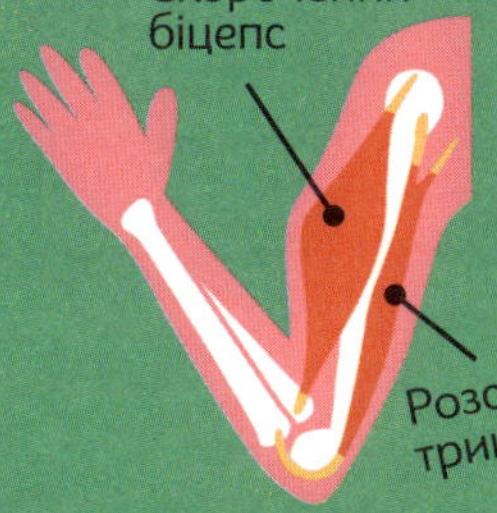

Коли ти згинаєш руку, біцепс скорочується і збільшується. Це м'яз-згинач.

М'язи-згиначі та м'язи-розгиначі відповідають за протилежні рухи. Вони ніколи не працюють одночасно!

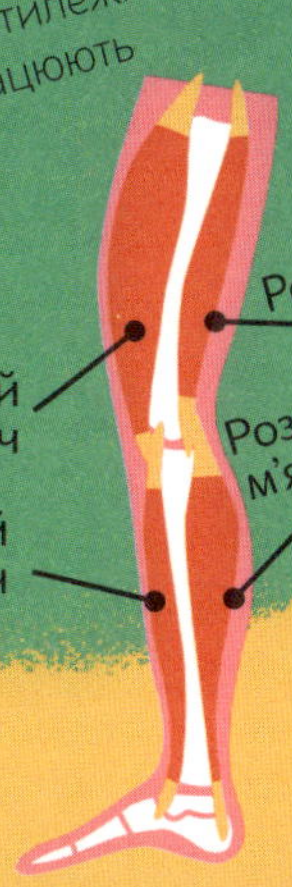

Трицепс — це м'яз-розгинач руки. Коли він скорочується, рука випрямляється

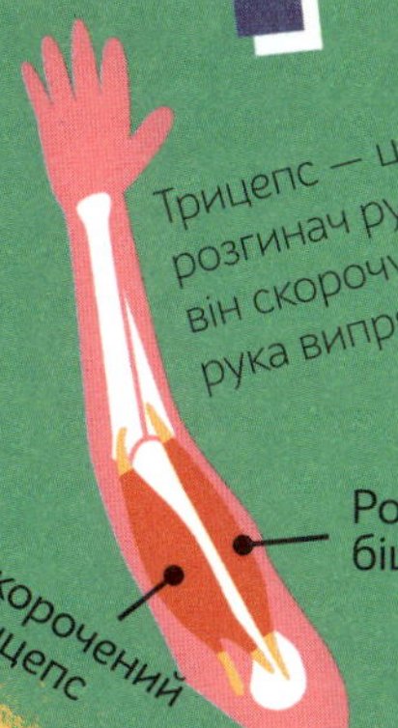

ГАЗООБМІН

Щохвилини твої легені вдихають від 6 до 10 л свіжого повітря. Повітря, яке вони випускають назад, втрачає значну частину свого двохатомного кисню та збагачується діоксидом вуглецю. Завдяки хорошій вентиляції повітря в легенях постійно оновлюється! Вибирай правильний маршрут і спостерігай за дихальними рухами, що відповідають входу та виходу повітря з легенів.

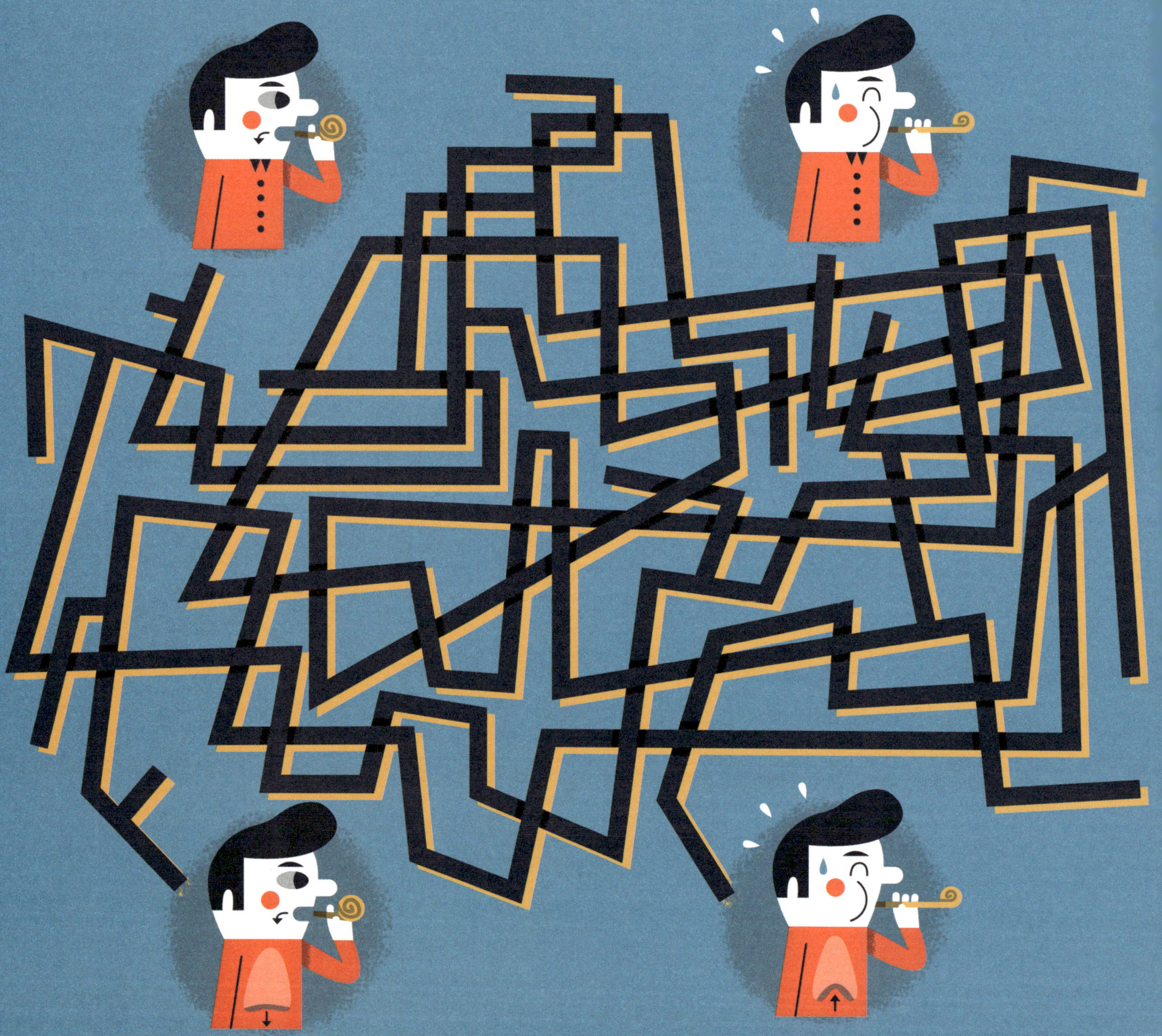

Завдяки скороченню діафрагми та дихальних м'язів легені розширюються і наповнюються повітрям. Це **вдих**.

Коли дихальні м'язи розслабляються, грудна клітка зменшується в розмірі, а легені звільняються від повітря. Це **видих**.

Бульбашка повітря з киснем

Бульбашка повітря, в якій мало кисню

Кров

В альвеолах легенів повітря та кров обмінюються газами: повітря передає свій двохатомний кисень крові, а кров віддає повітрю свій діоксид вуглецю. Іди в легені за бульбашкою повітря, щоб подивитись, що там відбувається.

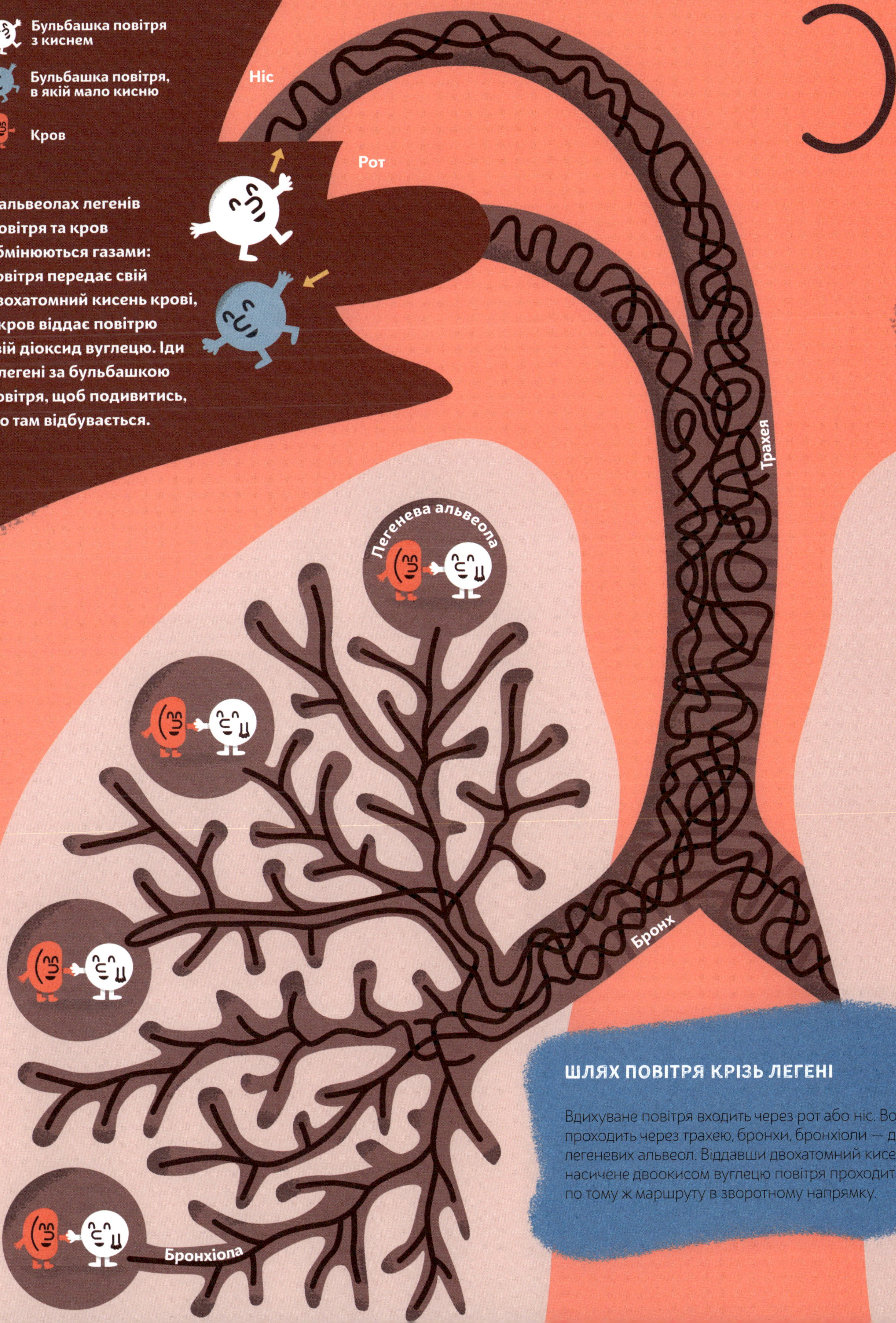

ШЛЯХ ПОВІТРЯ КРІЗЬ ЛЕГЕНІ

Вдихуване повітря входить через рот або ніс. Воно проходить через трахею, бронхи, бронхіоли — до легеневих альвеол. Віддавши двохатомний кисень, насичене двоокисом вуглецю повітря проходить по тому ж маршруту в зворотному напрямку.

МАНДРІВКА ЇЖІ

Їсти потрібно насамперед для того, щоб підживити свої органи! Але щоб дістатись до них, їжа має потрапити в кров, а для цього пройти кілька трансформацій. Під час проходження травним трактом їжа перетворюється на кашоподібну масу, а потім стає рідкою, щоб продовжити мандрівку в крові. Робота починається в роті, з зубами та слиною. Смачного!

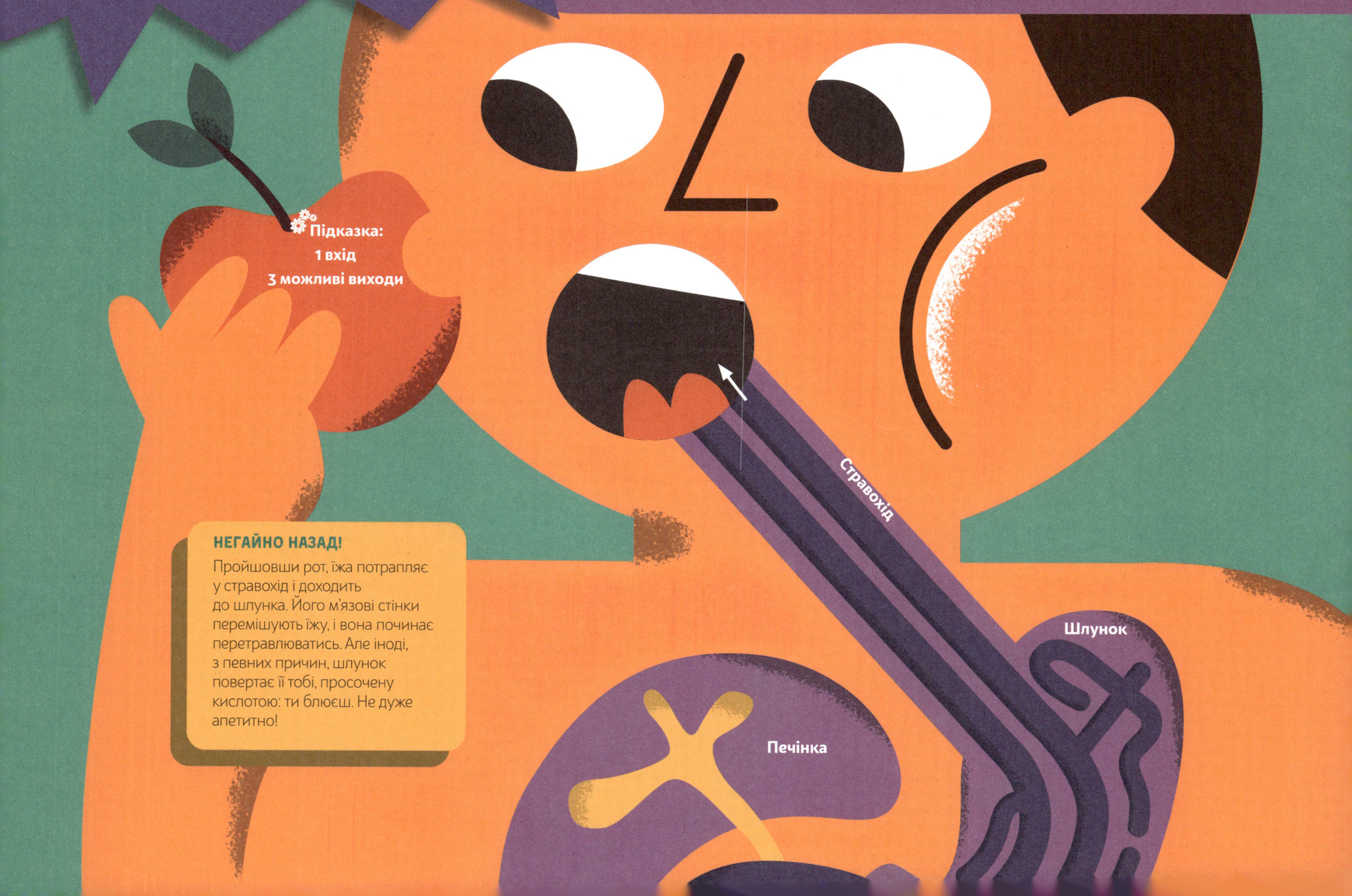

НЕГАЙНО НАЗАД!

Пройшовши рот, їжа потрапляє у стравохід і доходить до шлунка. Його м'язові стінки перемішують їжу, і вона починає перетравлюватись. Але іноді, з певних причин, шлунок повертає її тобі, просочену кислотою: ти блюєш. Не дуже апетитно!

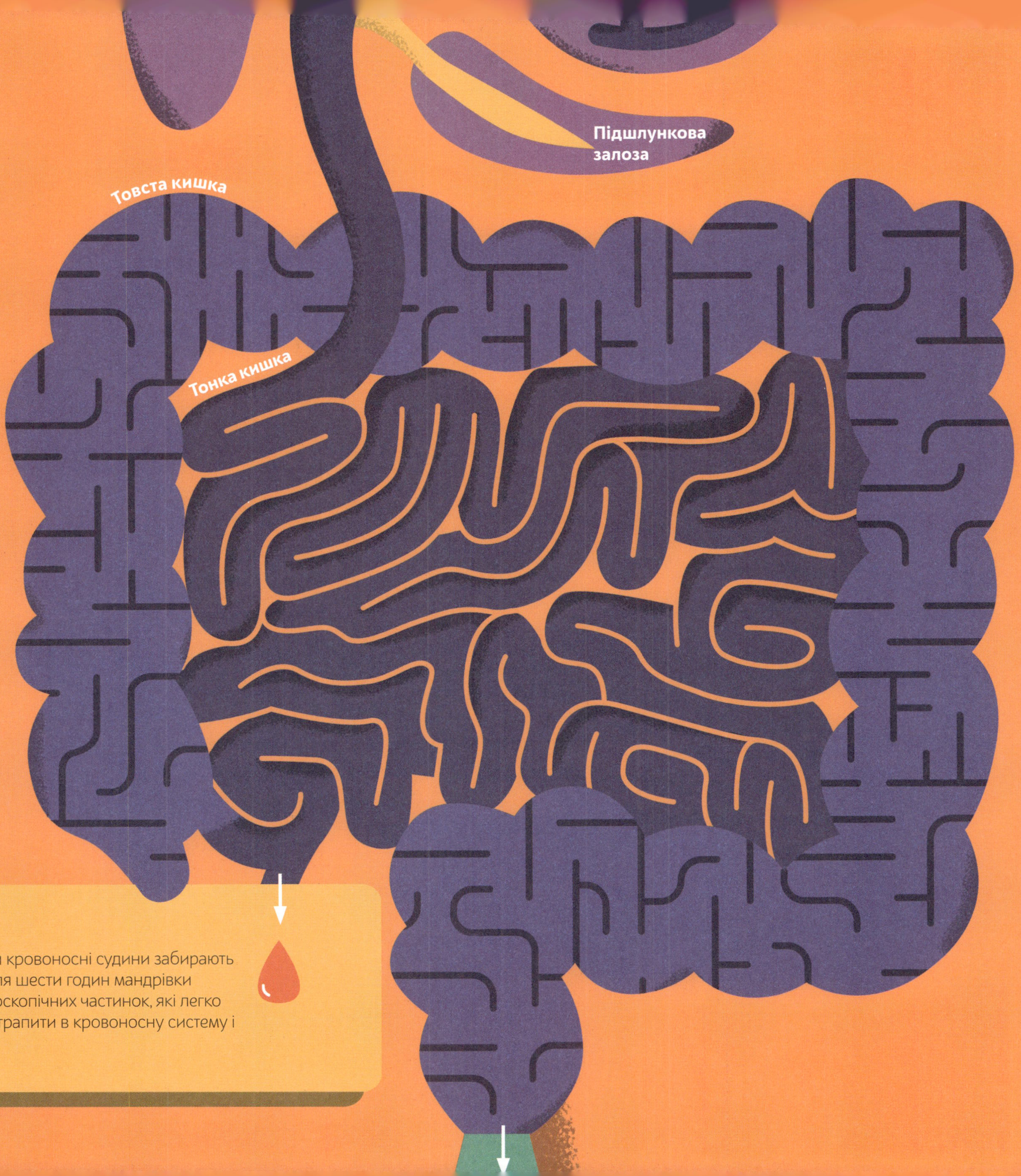

ТРОХИ ПРО КАКАШКИ

Незважаючи на всі зусилля, травний тракт не може повністю перетворити їжу на рідину. Наприклад, волокна фруктів та овочів не перетравлюються. Товста кишка закінчує роботу й виводить залишки у формі екскрементів.

ВИХІД – ТУТ!

По всій довжині 7-8-метрової тонкої кишки кровоносні судини забирають з перетравленої їжі поживні речовини. Після шести годин мандрівки травним трактом їжа зменшується до мікроскопічних частинок, які легко проходять крізь стінки кишечника, щоб потрапити в кровоносну систему і вирушити в нову подорож.

КРОВООБІГ

Кров циркулює в тілі, щоб підживлювати органи. Вона проходить з артерій до вен і менш ніж за хвилину робить повне коло по нашому тілу! Серце — м'яз, не схожий на жоден інший – без перепочинку штовхає та перекачує кров, від голови до ніг.

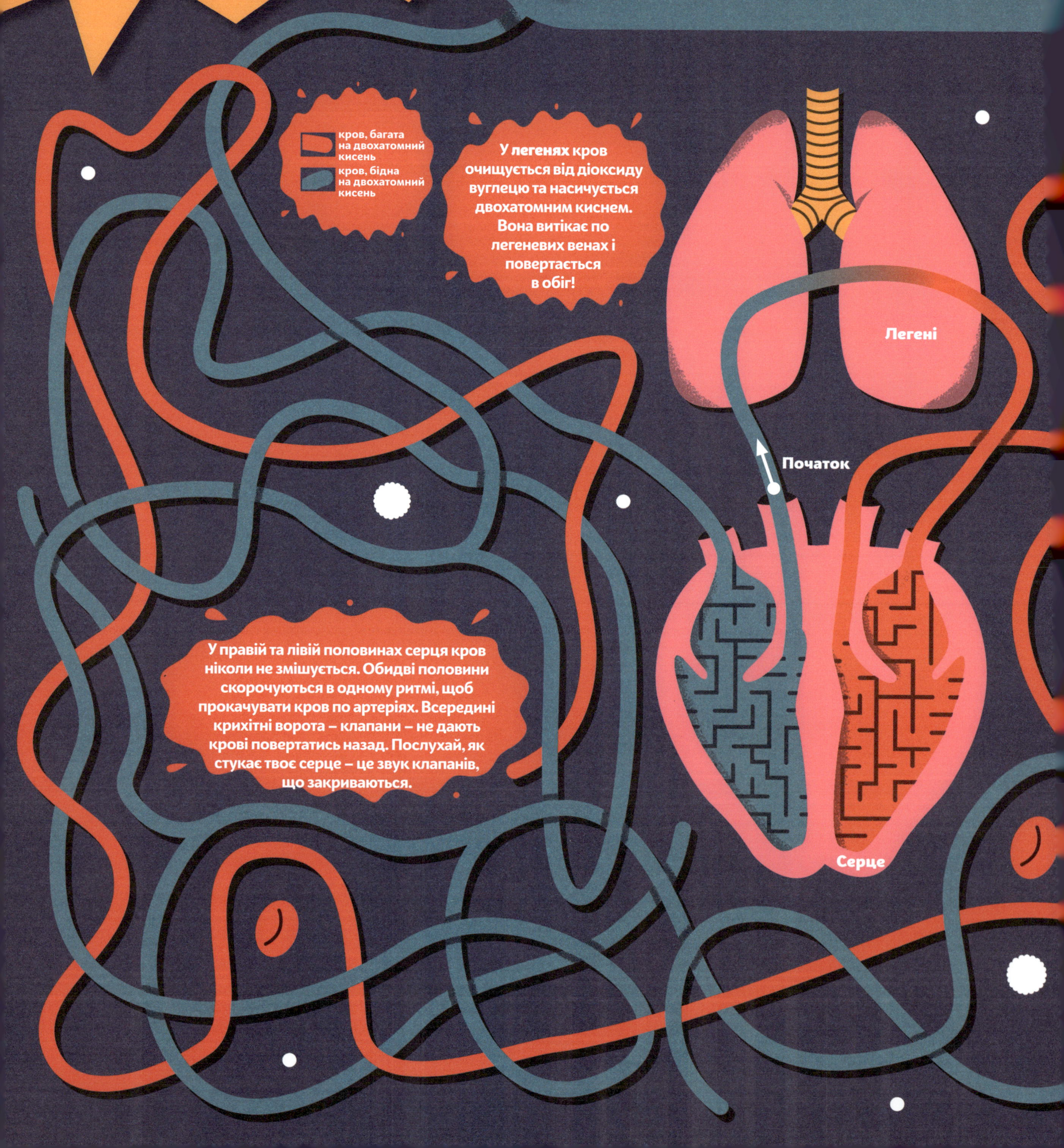

У **легенях** кров очищується від діоксиду вуглецю та насичується двохатомним киснем. Вона витікає по легеневих венах і повертається в обіг!

У правій та лівій половинах серця кров ніколи не змішується. Обидві половини скорочуються в одному ритмі, щоб прокачувати кров по артеріях. Всередині крихітні ворота – клапани – не дають крові повертатись назад. Послухай, як стукає твоє серце – це звук клапанів, що закриваються.

Кров, яку виштовхує серце, циркулює в **артеріях** під високим тиском. Коли вона повертається до серця, по **венах** з м'якими стінками, тиск падає.

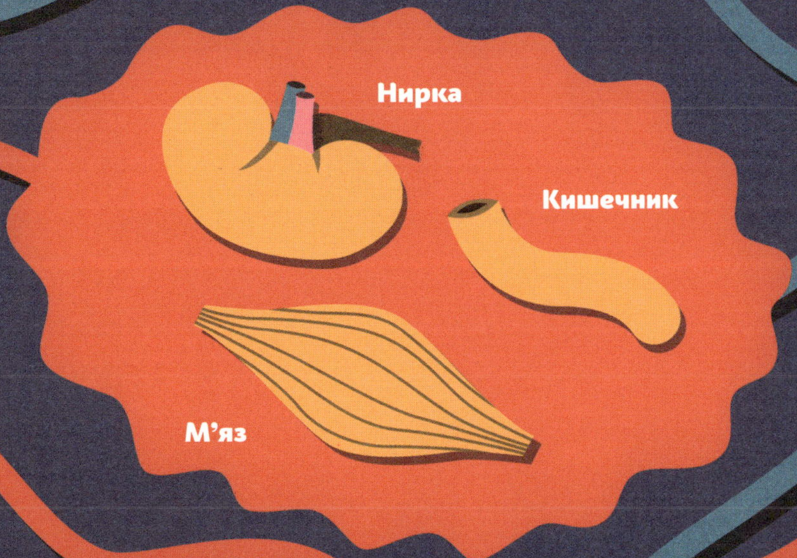

Кров проникає в усі куточки тіла, щоб постачати до **органів** дорогоцінний кисень, який їм просто необхідний. Водночас вона забезпечує органи поживними речовинами й очищує їх від відходів життєдіяльності, а саме діоксиду вуглецю.

БОРОТЬБА З МІКРОБАМИ

Незважаючи на захисну оболонку — шкіру — тіло не повністю захищене від мікробів. Ці організми можуть проникати крізь рот і ніс, або непомітно пробиратися крізь найменшу рану. На щастя, білі кров'яні клітини — лейкоцити — стоять на варті! Коли ці вартові помічають чужака, вони одразу ж б'ють на сполох. І тоді проти мікробів виступає ціла армія.

Мікроби, які прослизнули в організм, мають вигляд завойовників! Іди за ними і ти побачиш, що вони радіють занадто рано. У них мало шансів вийти живими.

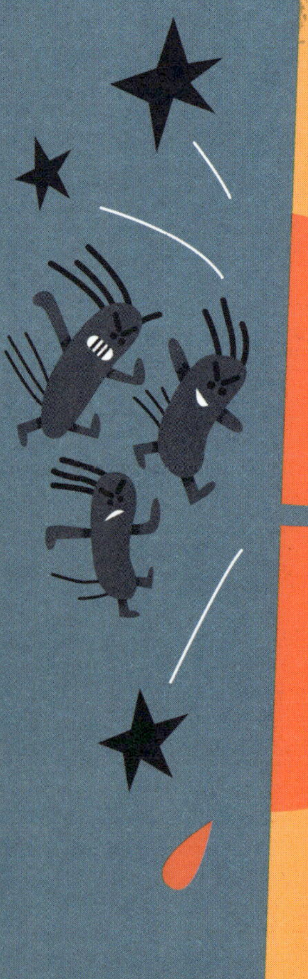

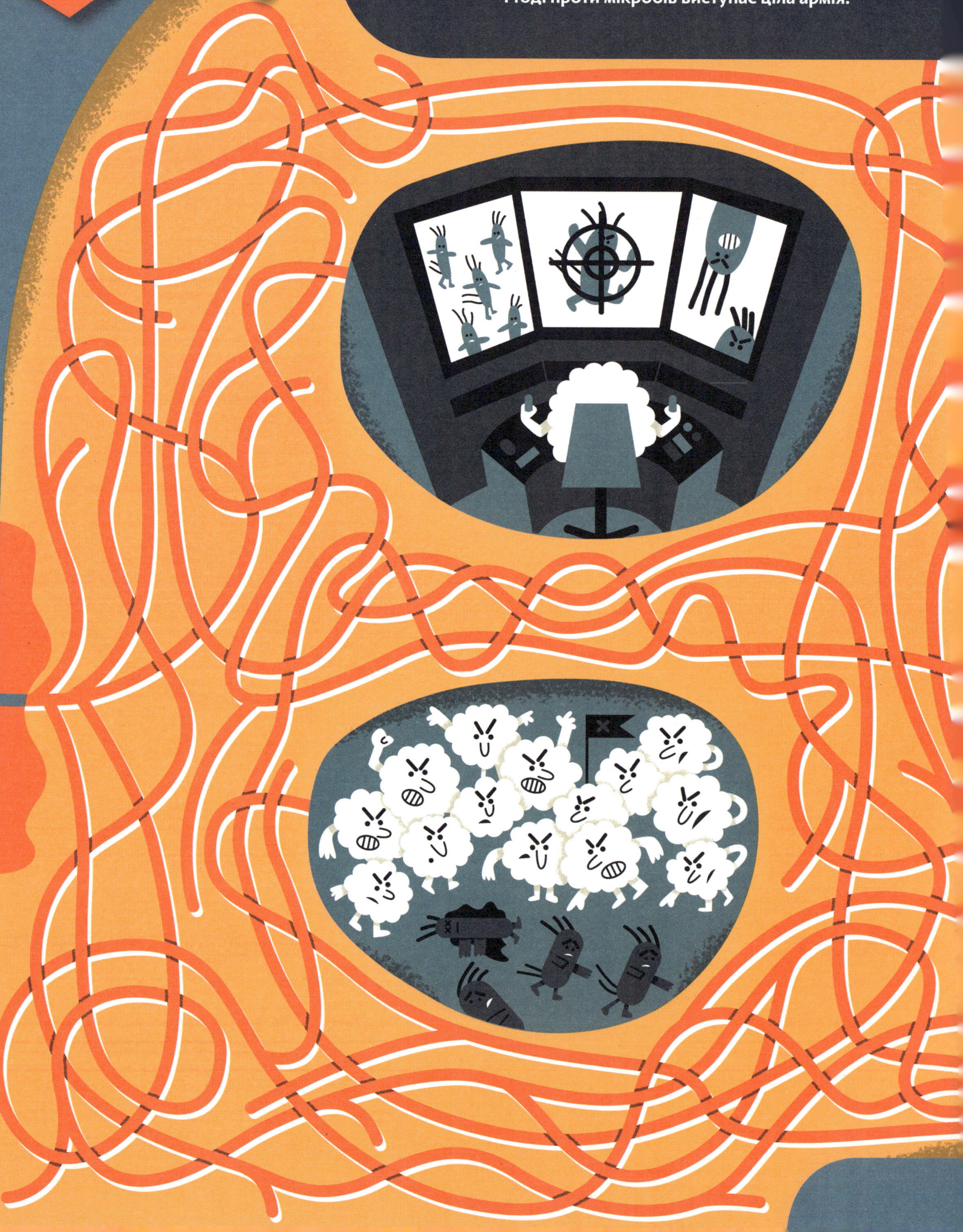

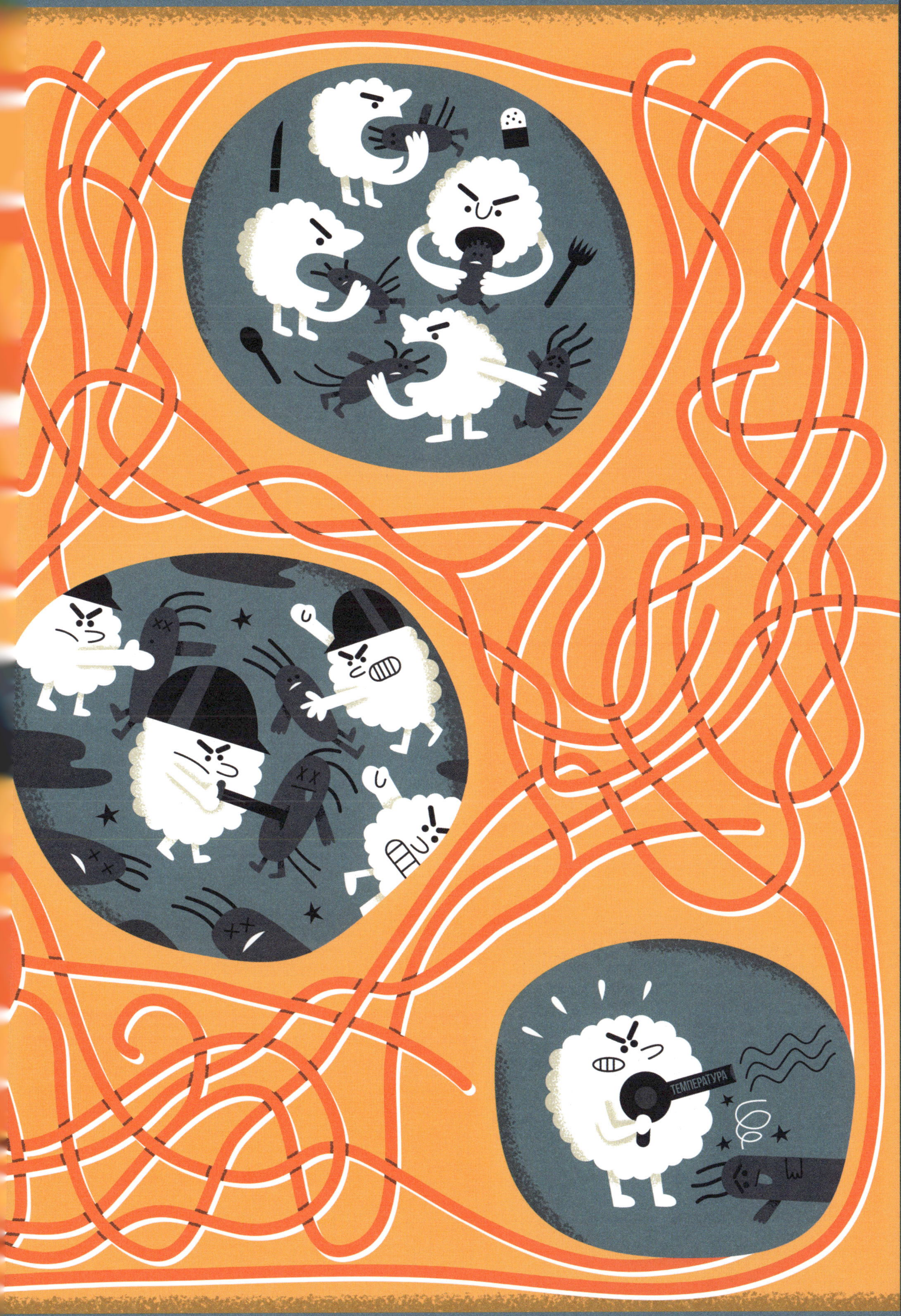

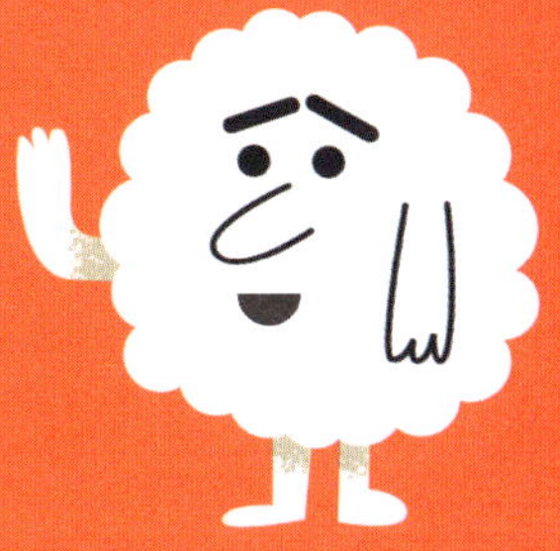

ЛЕЙКОЦИТ

В армії білих кров'яних клітин ніхто не робить одне й те саме. Хтось спеціалізується на розвідці та виявляє мікробів. Певні лейкоцити поглинають їх, інші обмежуються тим, що нейтралізують непроханих гостей, бомбардуючи їх антитілами. Деякі лейкоцити реагують швидко, викликаючи підвищення температури. Воно не вбиває, але ослаблює мікроби. Білі кров'яні клітини дуже ефективні, їх кількість може швидко зростати, щоб протистояти загрозі.

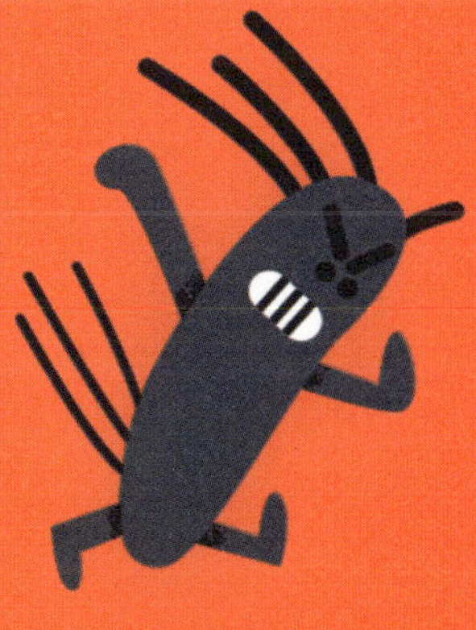

МІКРОБ

Знайти одночасно і прихисток, і поживу — це велика удача для мікробів, що потрапляють в організм! Віруси чи бактерії використовують це, щоб розмножуватись — і дуже швидко. Іноді вони виробляють отруту. Краще не дозволити їм захопити все тіло.

ВОДА В ТІЛІ

Вода, яку ти п'єш, циркулює в твоєму тілі завдяки кровоносним судинам. Вона постачає до органів те, що їм потрібно, та очищує їх від відходів. А ще, навіть при незначному тепловому ударі, достатньо вивести трохи води з тіла, щоб освіжитись! Слід багато пити, щоб відновлювати запас води в тілі. Подивись, що з нею відбувається, перш ніж вона виводиться з організму.

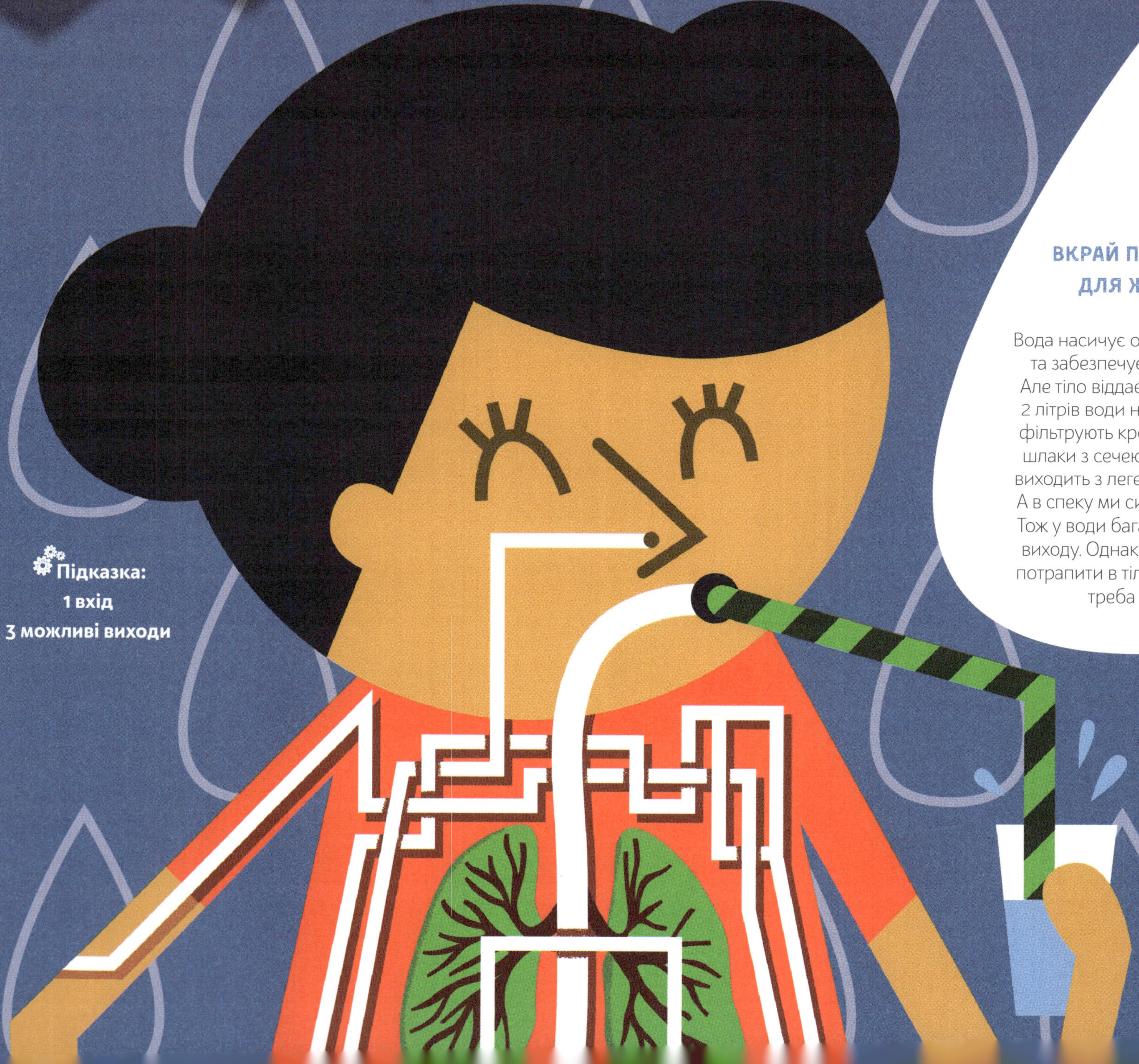

Підказка:
1 вхід
3 можливі виходи

ВКРАЙ ПОТРІБНА ДЛЯ ЖИТТЯ

Вода насичує органи вологою та забезпечує їхню роботу. Але тіло віддає назад більше 2 літрів води на день! Нирки фільтрують кров та виводять шлаки з сечею. У повітрі, що виходить з легенів, теж є вода. А в спеку ми сильно пітніємо. Тож у води багато шляхів для виходу. Однак для того, щоб потрапити в тіло, тільки один: треба пити!!

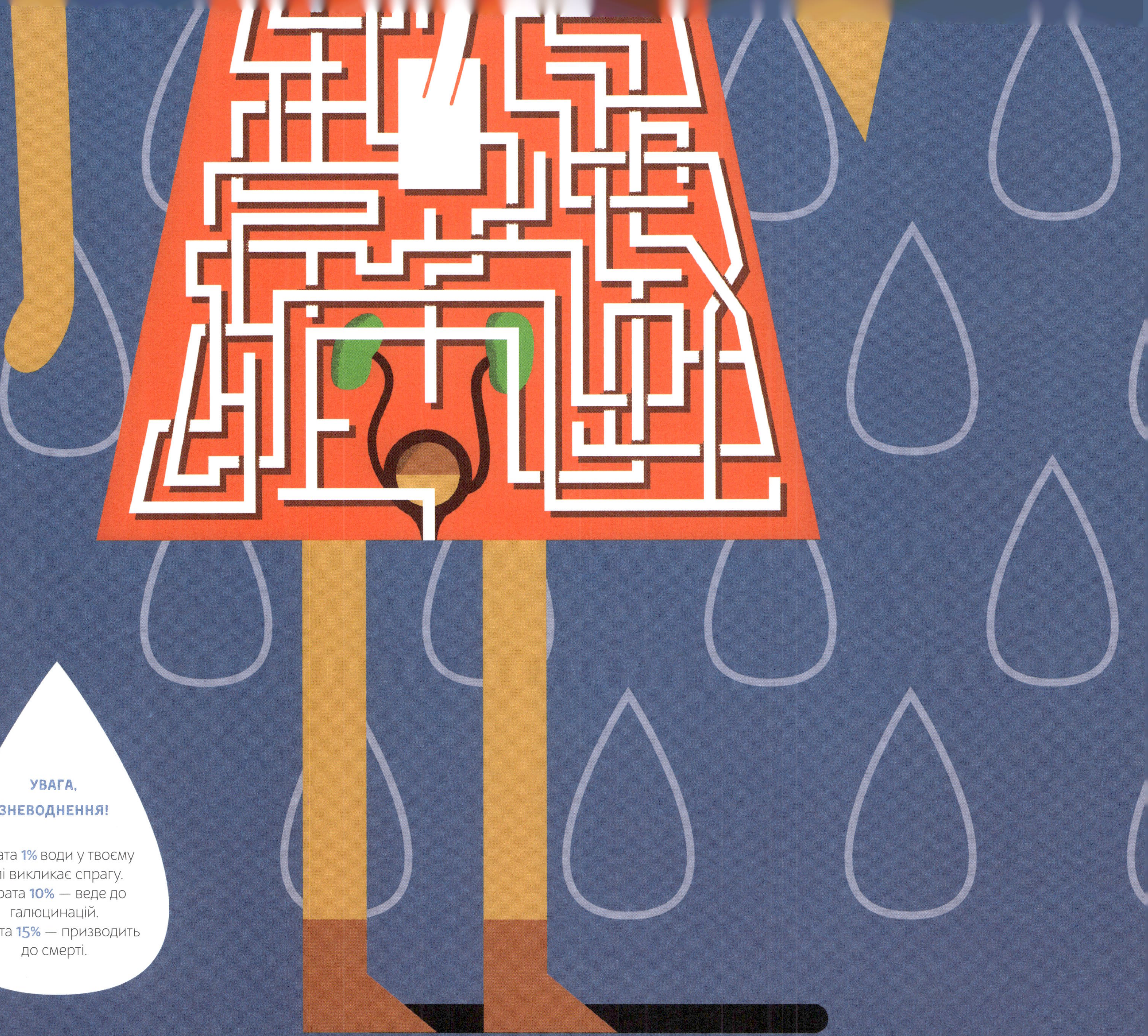

УВАГА, ЗНЕВОДНЕННЯ!

Втрата 1% води у твоєму тілі викликає спрагу. Втрата 10% — веде до галюцинацій. Втрата 15% — призводить до смерті.

КОНТАКТ ЗІ СВІТОМ

Наше тіло постійно перебуває на зв'язку з зовнішнім світом. Зображення, звуки, запахи – нічого від нього не сховається завдяки органам чуття. Вони наділені надпотужними сенсорами. І ці сенсори – всюди: приховані в шкірі, в очах, на язику, у вухах та в носі. Є навіть такі, що відчувають біль! Знайди для кожного з зображень чуттєвої інформації різного роду відповідні малюнки з органами чуття.

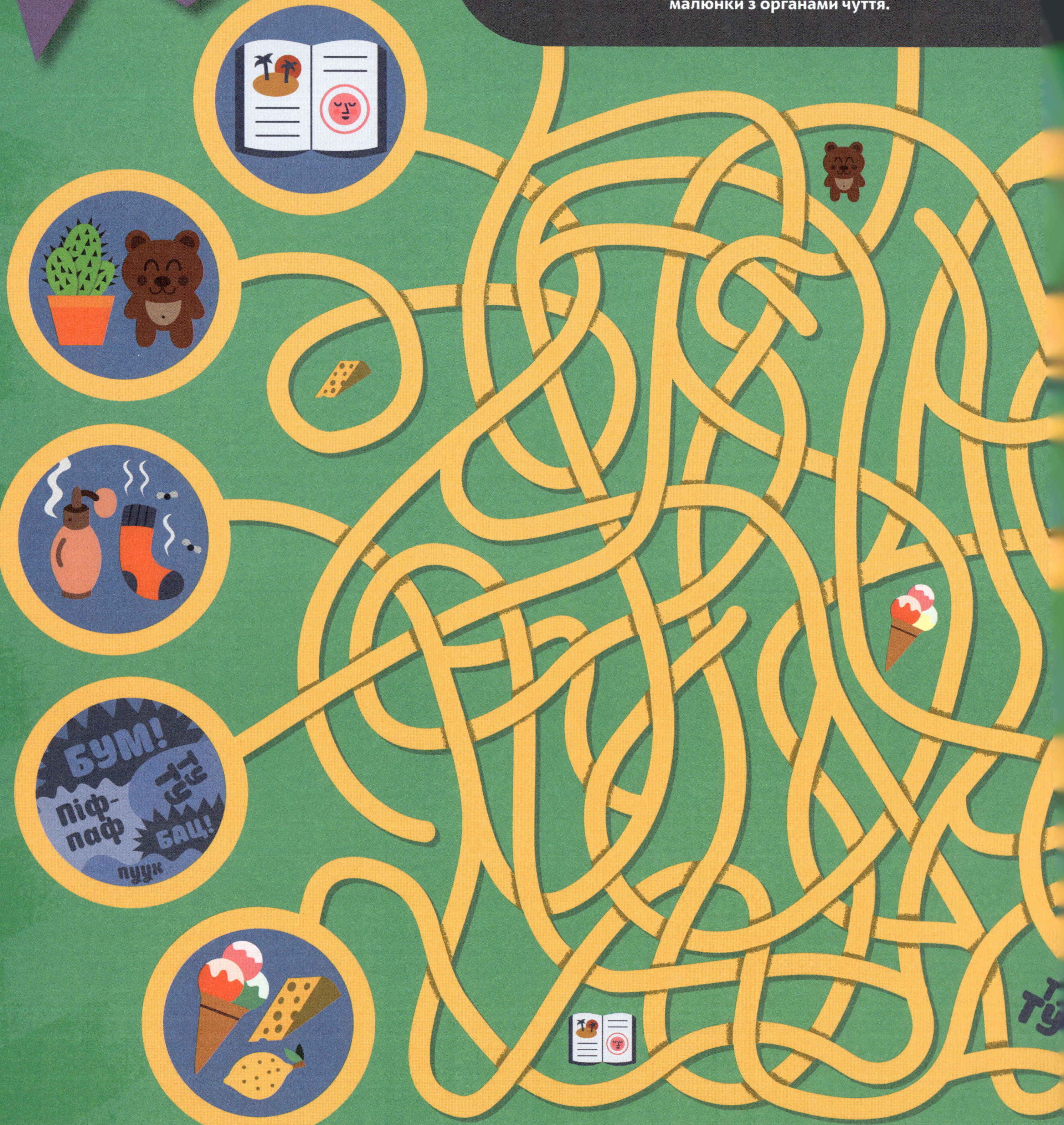

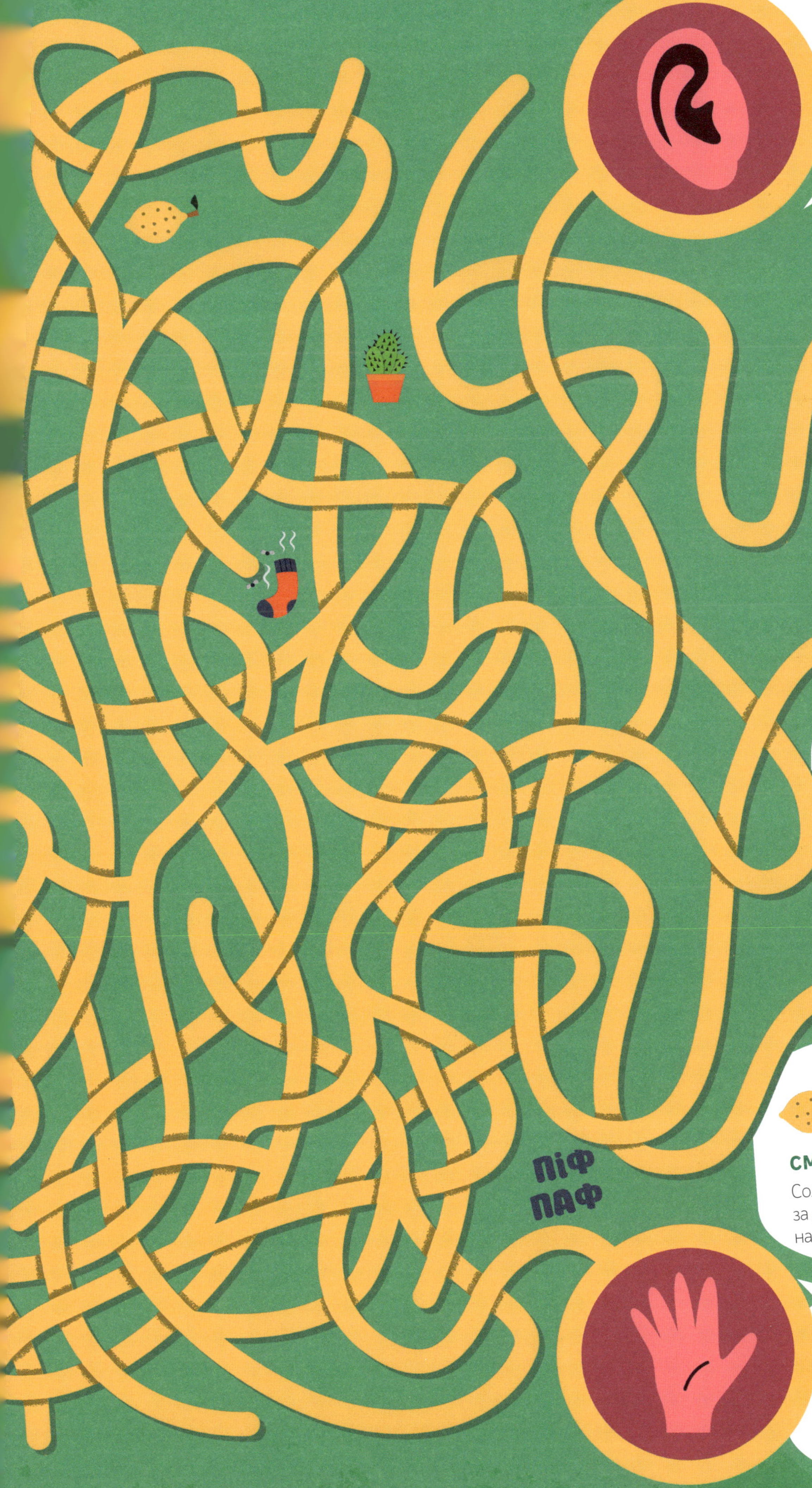

БУМ!

СЛУХ

Потрапляючи до **вушної раковини**, вібрації звуку викликають коливання мембрани барабанної перетинки, схожі на удари по барабану. Потім коливання переходять до волоскових клітин, і запускається передача цього сигналу в мозок.

ЗІР

Усередині **ока** кожне зображення відбивається на мініатюрних давачах сітківки. Зображення точка за точкою передається до мозку, і в твоїй уяві постає образ.

НЮХ

Пахучі молекули, що є в повітрі, лоскочуть нюхові клітини, приховані в **ніздрях**. Коли ці клітини подразнені, ти знаєш, чи треба затискати носа!

СМАК

Солоне, солодке, гірке й кисле — ці смаки розрізняються за допомогою спеціальних рецепторів, розміщених на **язику.** Але смак страви залежить і від твого нюху. Ням!

ДОТИК

У **шкірі** приховано безліч мініатюрних рецепторів. Лоскіт, укол, опік, охолодження – ці сенсори реєструють усе. А на кінчиках твоїх пальців їх більш як 2500 на квадратний сантиметр!

МЕРЕЖА ЗВ'ЯЗКУ

Нервова система — це гігантська мережа, схожа на дроти, яка пронизує все тіло від голови до ніг. Завдяки цій мережі інформація поширюється дуже швидко, і ми реагуємо відповідно до обставин. Для кожного з зображень іди за дротами і дізнаєшся відповідь нервової системи.

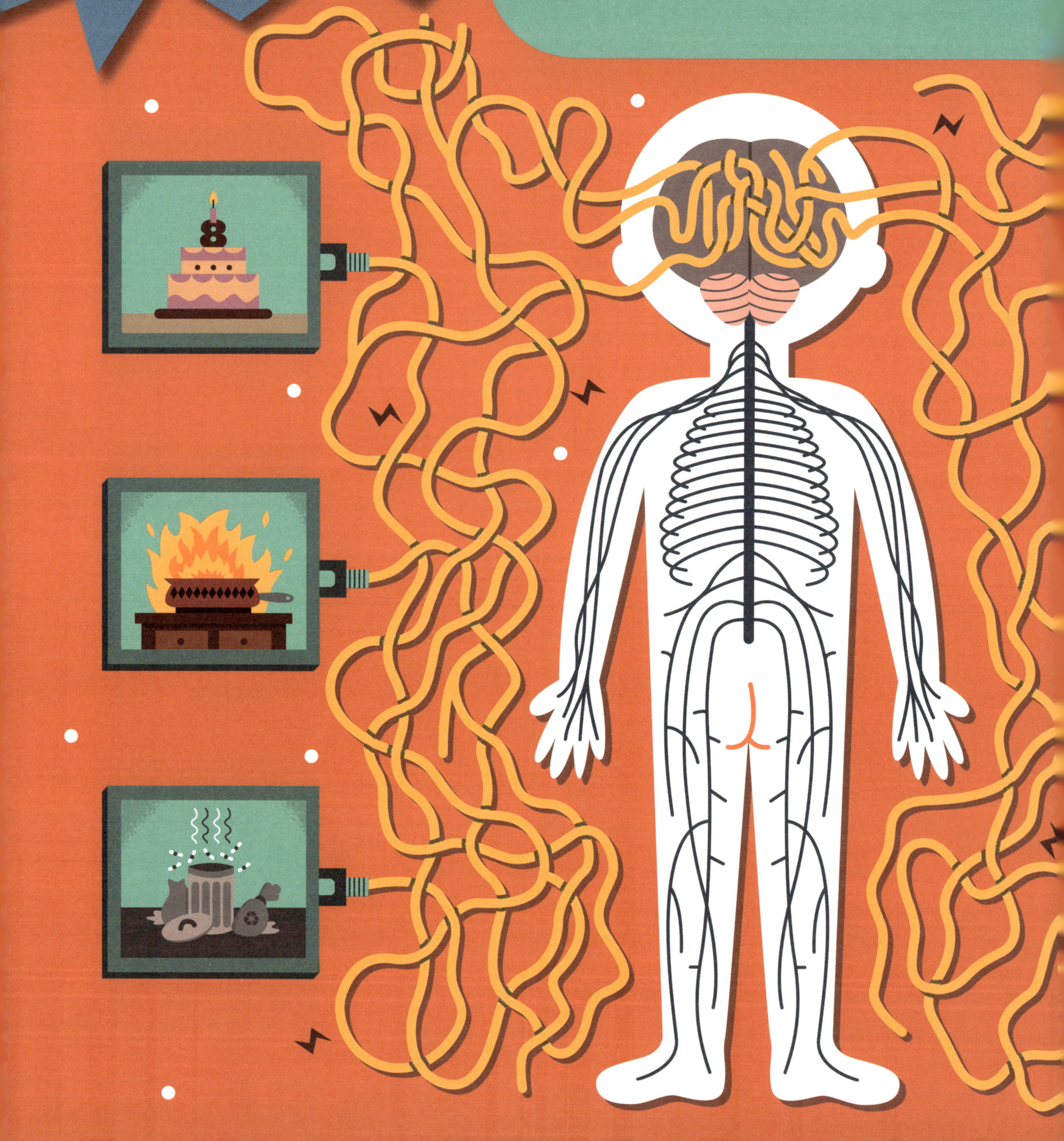

У мозку робота розподілена між відділами. Знайди, де розташовані зони зору, мовлення, руху та смаку. Це нескладно — лише дістанься до трикутника відповідного кольору!

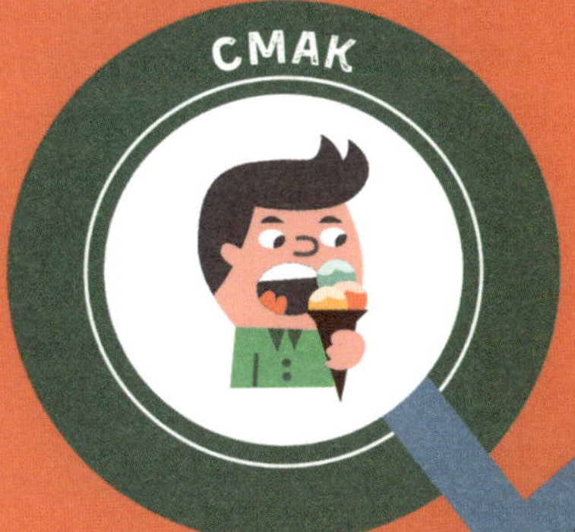

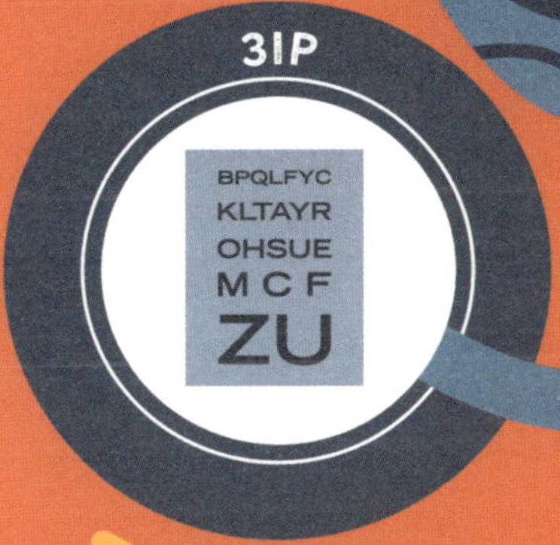

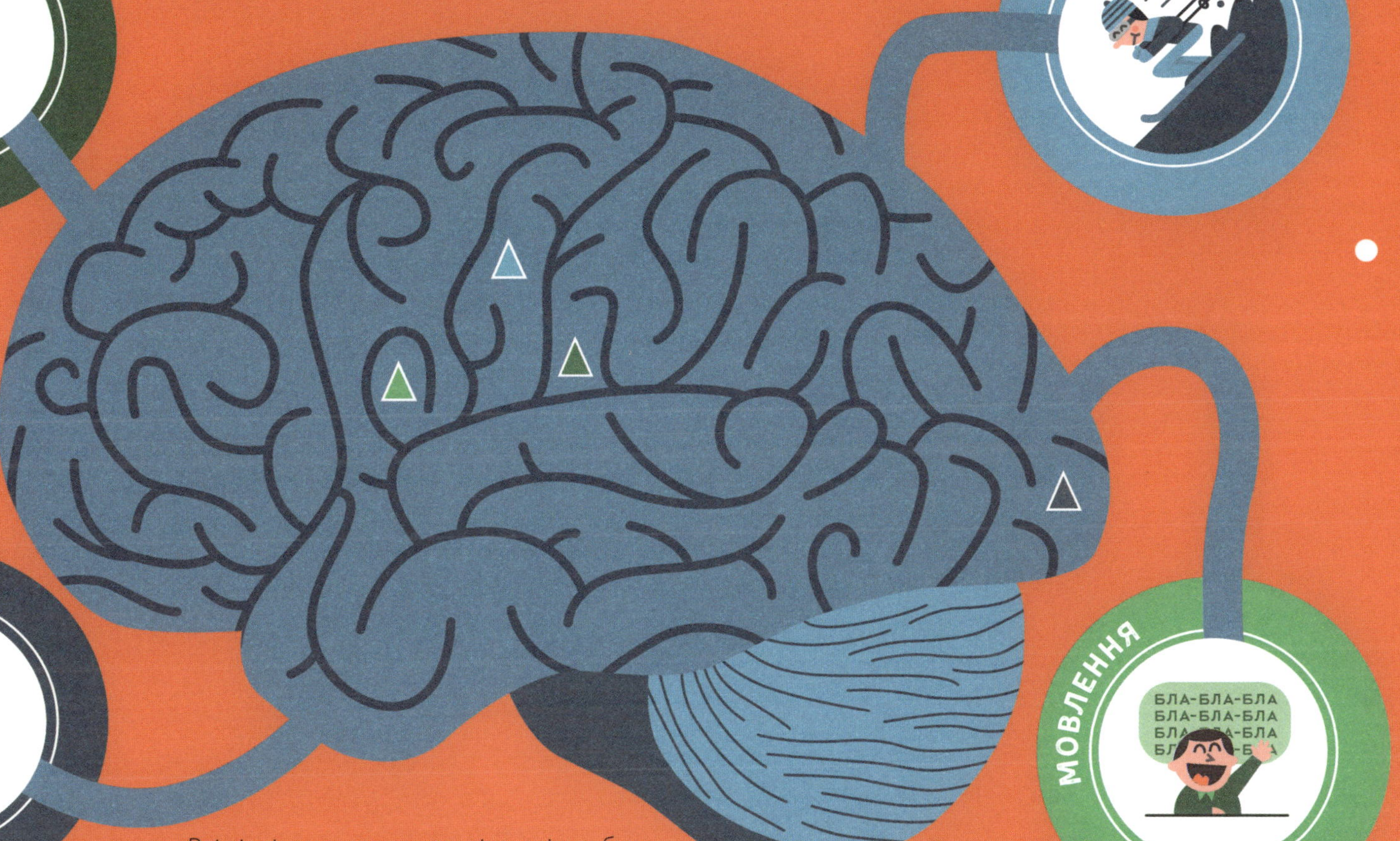

Всі відділи мозку взаємодіють між собою. Тому тіло може виконувати складні завдання й гармонійно функціонувати.

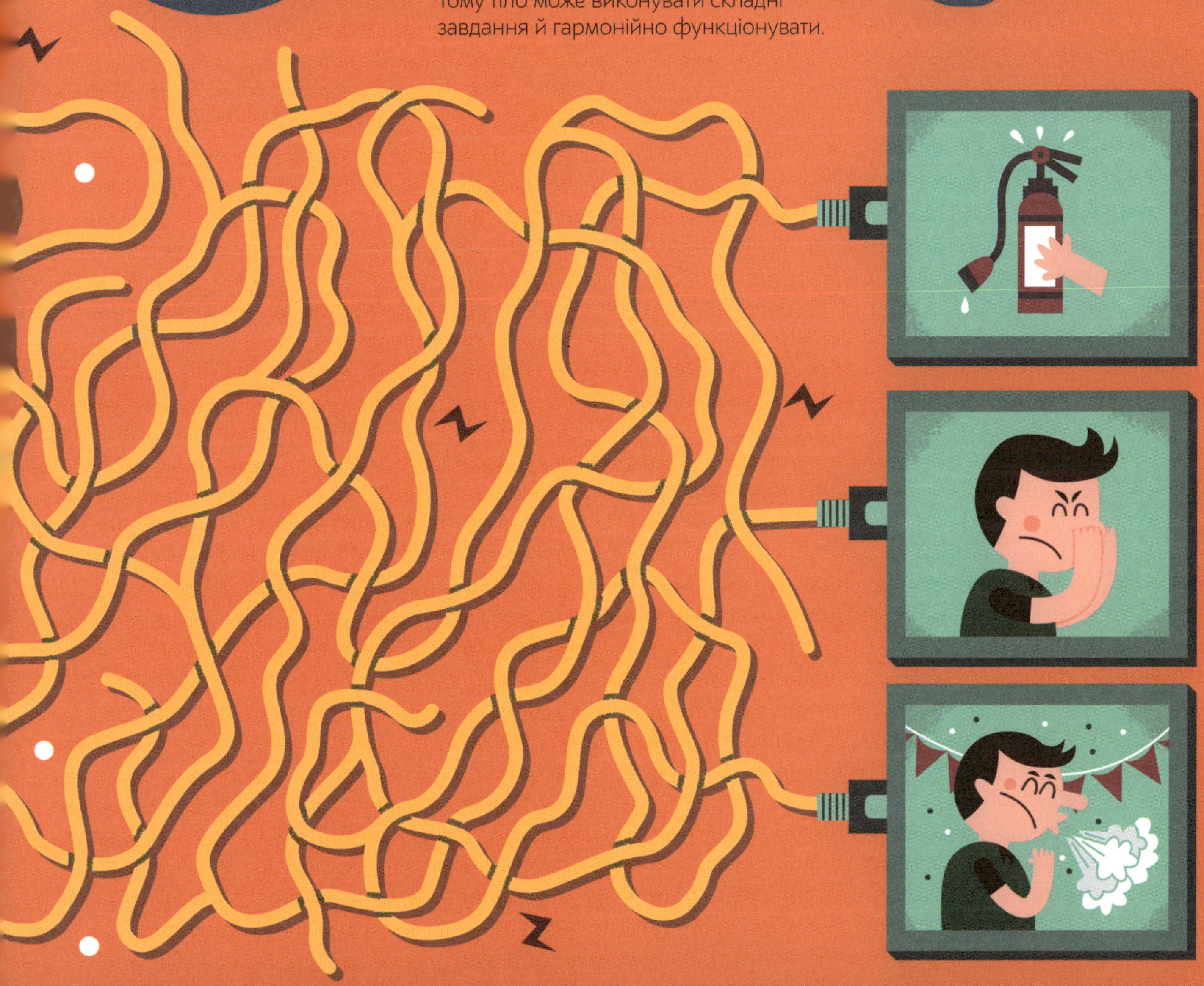

ГІПЕРЧУТЛИВИЙ

Мозок перебуває в постійній бойовій готовності — його закидають повідомленнями всі органи чуття. Впоратися з ситуацією не так легко! Щоб увімкнути вогнегасник, треба задіяти багато м'язів.

СПРАВЖНІЙ ДЕШИФРАТОР

У нервовій мережі запахи, а також зображення та звуки, передаються у формі електричних сигналів. Якщо ти розпізнаєш неприємний запах — це завдяки декодуванню, яке виконав твій мозок.

СУПЕРШВИДКИЙ

Достатньо лише частки секунди, щоб, побачивши торт на день народження, дмухнути на свічки. Твій мозок обробляє інформацію, що надходить до очей, і скеровує твої м'язи. Давай, спробуй ще раз!

НОВЕ ЖИТТЯ

Дитина народжується від зв'язку між чоловіком і жінкою. На початку це лише мікроскопічний ембріон, створений завдяки з'єднанню двох статевих клітин. Потім він поступово розвивається в животі матері. Дев'ять місяців — саме стільки часу потрібно для «виробництва» нової людської істоти! Пройди лабіринт, познайомся з усіма цими етапами і дійди до народження.

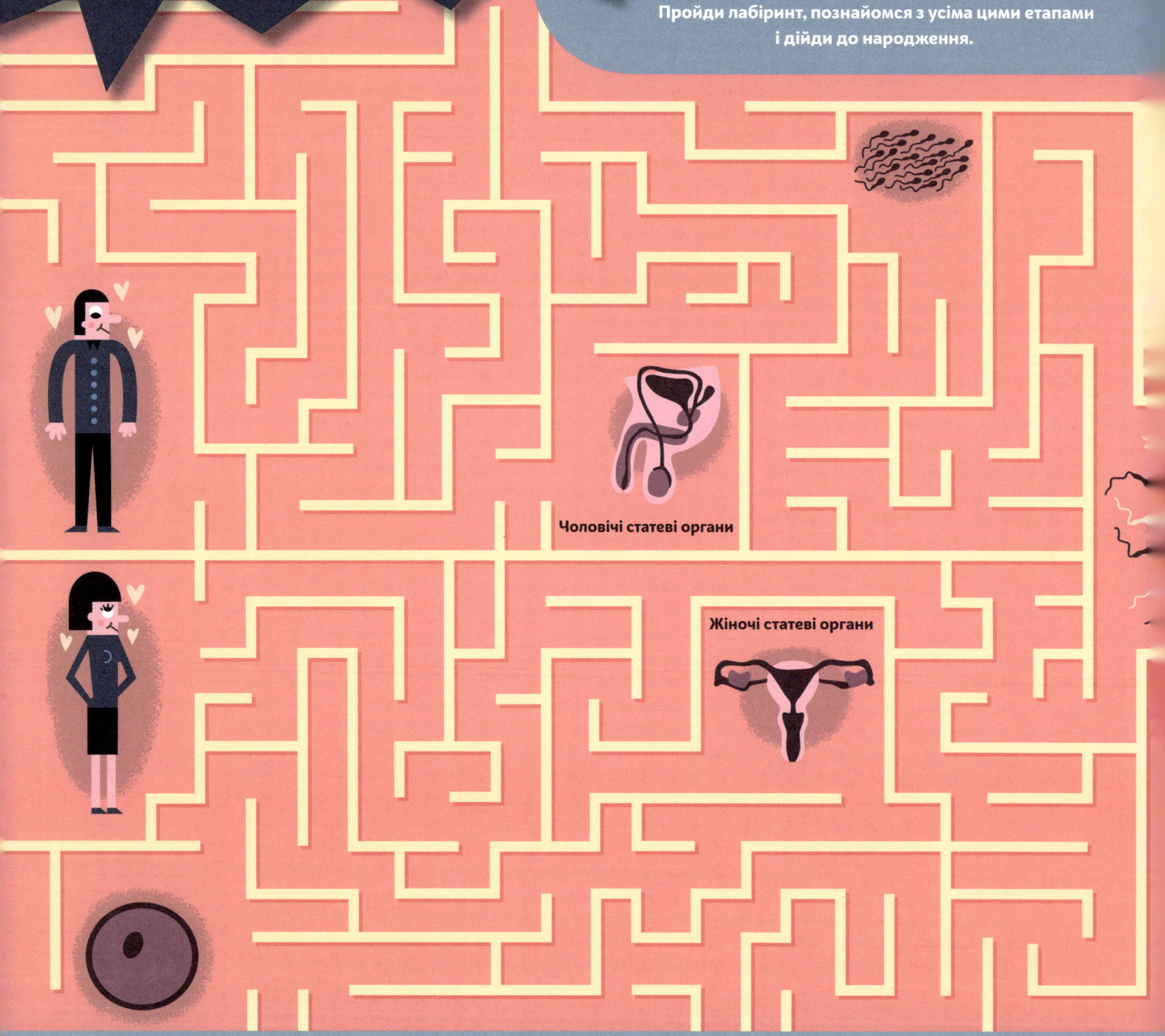

ВІД ЗАПЛІДНЕННЯ ДО НАРОДЖЕННЯ

Сперматозоїди, вироблені сім'яниками чоловіка, під час статевого контакту потрапляють у тіло жінки. Вони одразу ж вирушають до **яйцеклітини**, щоб запліднити її. В результаті формується **ембріон**, який закріплюється в **матці** жінки. Тут, у безпеці та з живленням через кровообіг матері, він повільно росте і змінюється впродовж усього періоду **вагітності**.

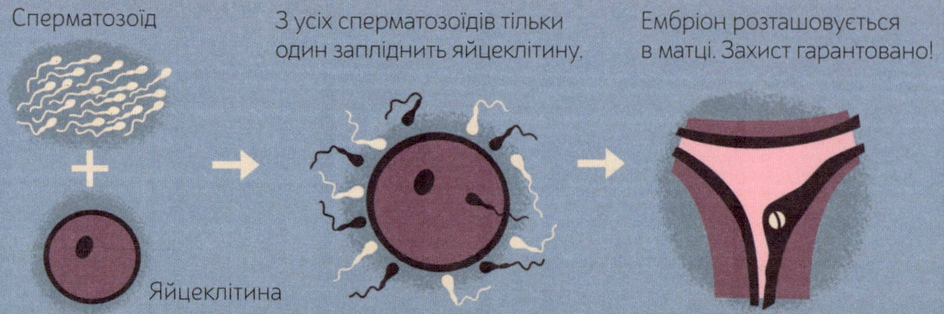

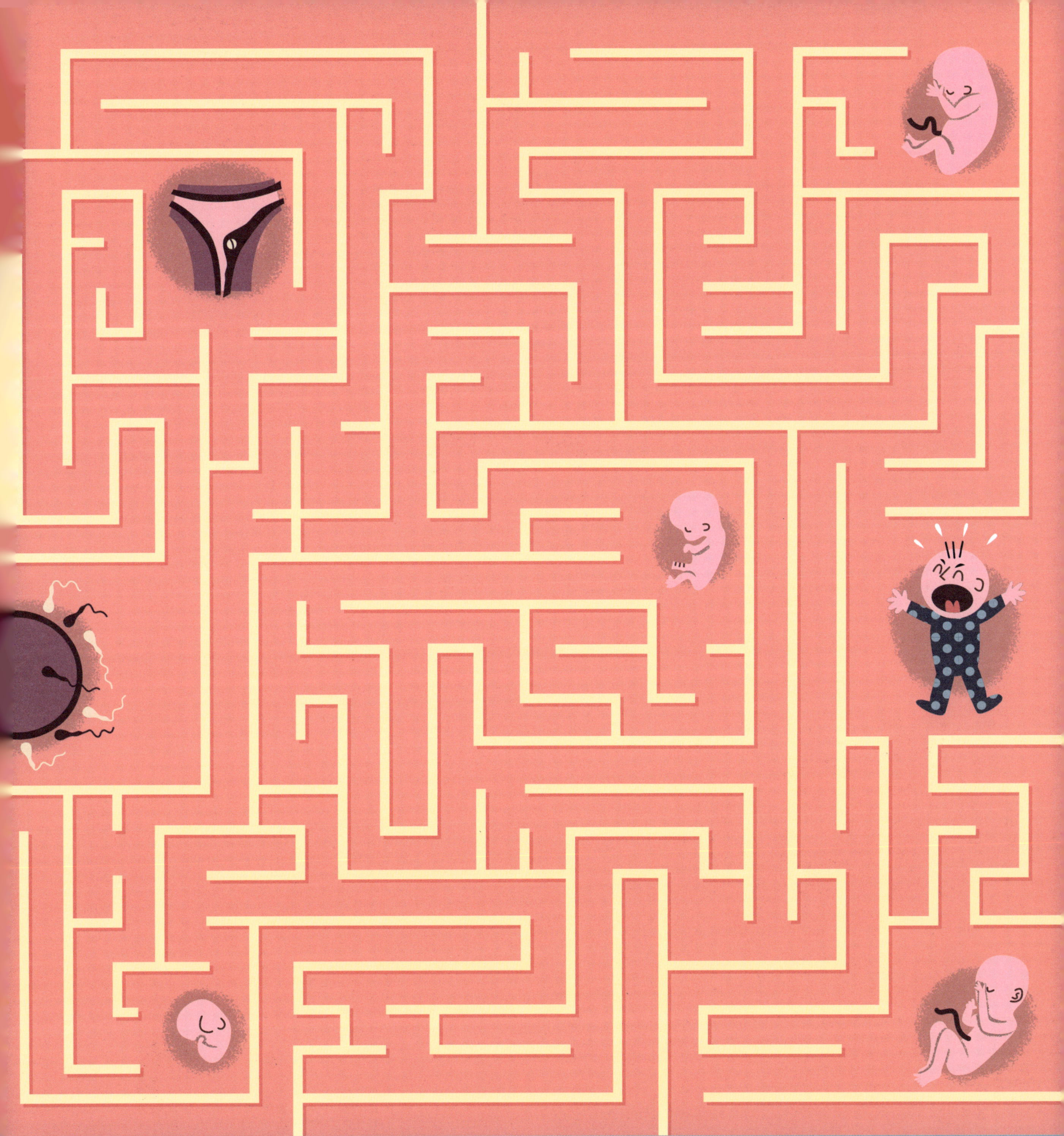

Спочатку майбутній малюк не має ні рук, ні ніг.

У 2 місяці він починає набувати звичної форми. Він пов'язаний з матір'ю за допомогою пуповини.

У 3 місяці він уже штовхається в животі матері.

9 місяців — пологи вже скоро.

Одразу після народження малюк кричить, щоб набрати в легені повітря.

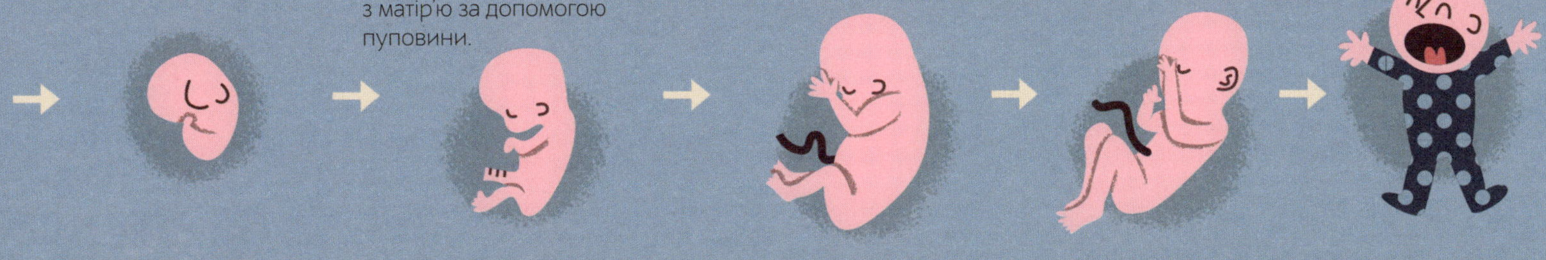

ЕТАПИ ЖИТТЯ

Народжуватись, рости і старіти…
Життя проходить певні періоди, а тіло під час них змінюється. Більшість цих змін відбувається дуже повільно, але зрештою людина в похилому віці вже зовсім не схожа на малюка, яким була при народженні! Пройди по дорозі життя й подивись, як змінюється тіло, крок за кроком.

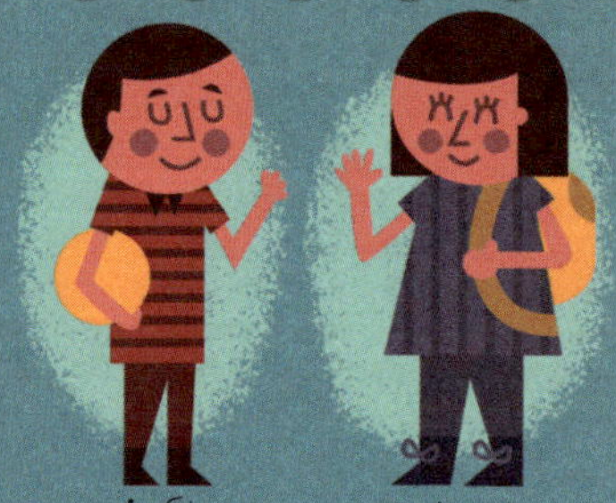

У **дитинстві** збільшується зріст, змінюються пропорції тіла. В цей час ми відкриваємо безліч нового і любимо гратися з друзями та подругами.

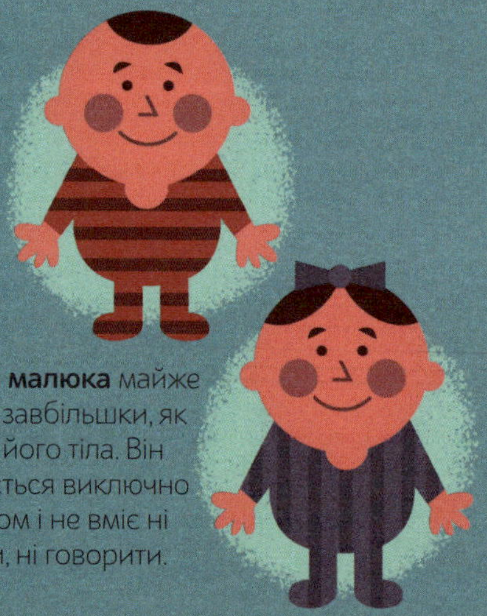

Голова **малюка** майже така ж завбільшки, як решта його тіла. Він харчується виключно молоком і не вміє ні ходити, ні говорити.

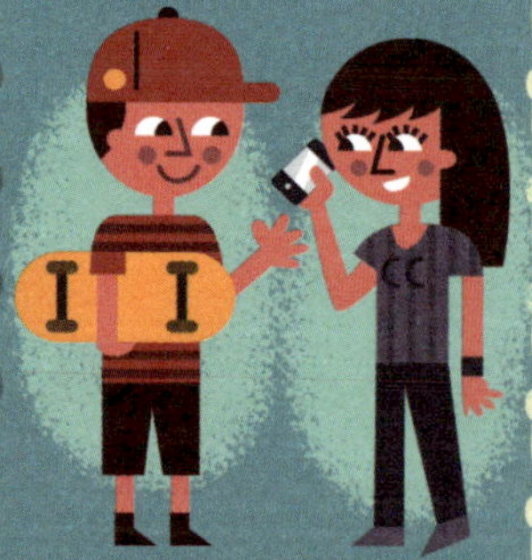

У **підлітковому віці** статеве дозрівання змінює дівчат і хлопців. Зміни відбуваються не лише в їхніх тілах, а й у тому, як вони починають цікавитись одне одним…

У **дорослому віці** в нас попереду ще все життя. Скільки можливостей!

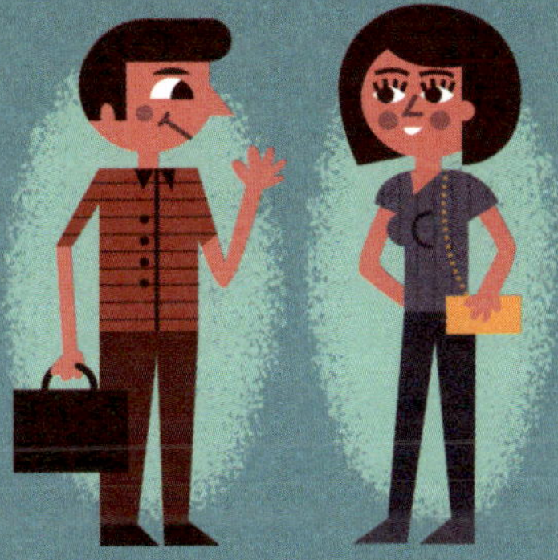

У **похилому віці** ми починаємо боятися проблем зі здоров'ям. З'являються зморшки, а серце стомлюється швидше. Вже не побігаєш, як дитина!

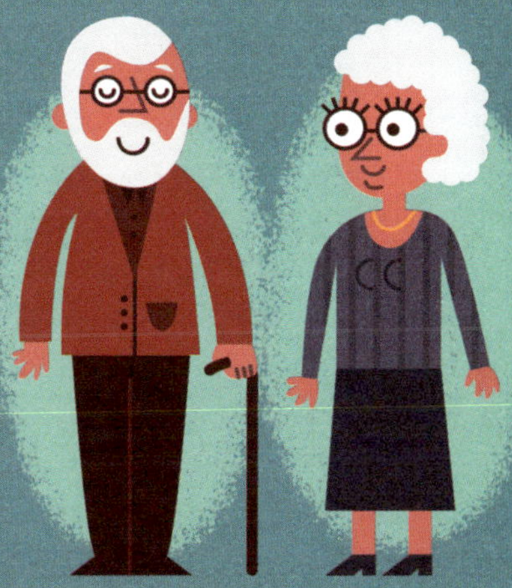

Зрілий вік: ми втомлюємося швидше. І часто нам уже потрібні окуляри! На щастя, ми ще зберігаємо гарну форму.

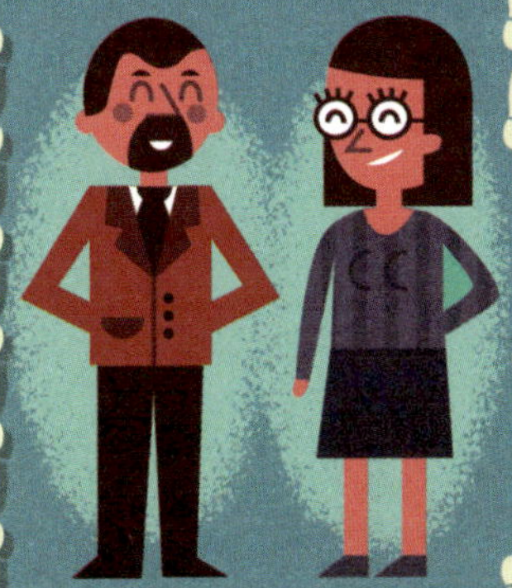

ДОРОГА ЗДОРОВ'Я

Стежити за здоров'ям свого тіла не так вже й складно: трохи фізичних вправ, трохи гігієни, здорове харчування... і справу зроблено! Якісне технічне обслуговування механізму подовжує час його служби! Щоб знайти вихід з лабіринту, йди стежкою, яка проходить біля хороших звичок, корисних для здоров'я та розуму. І стережись поганих звичок, інакше можеш піти хибним шляхом...

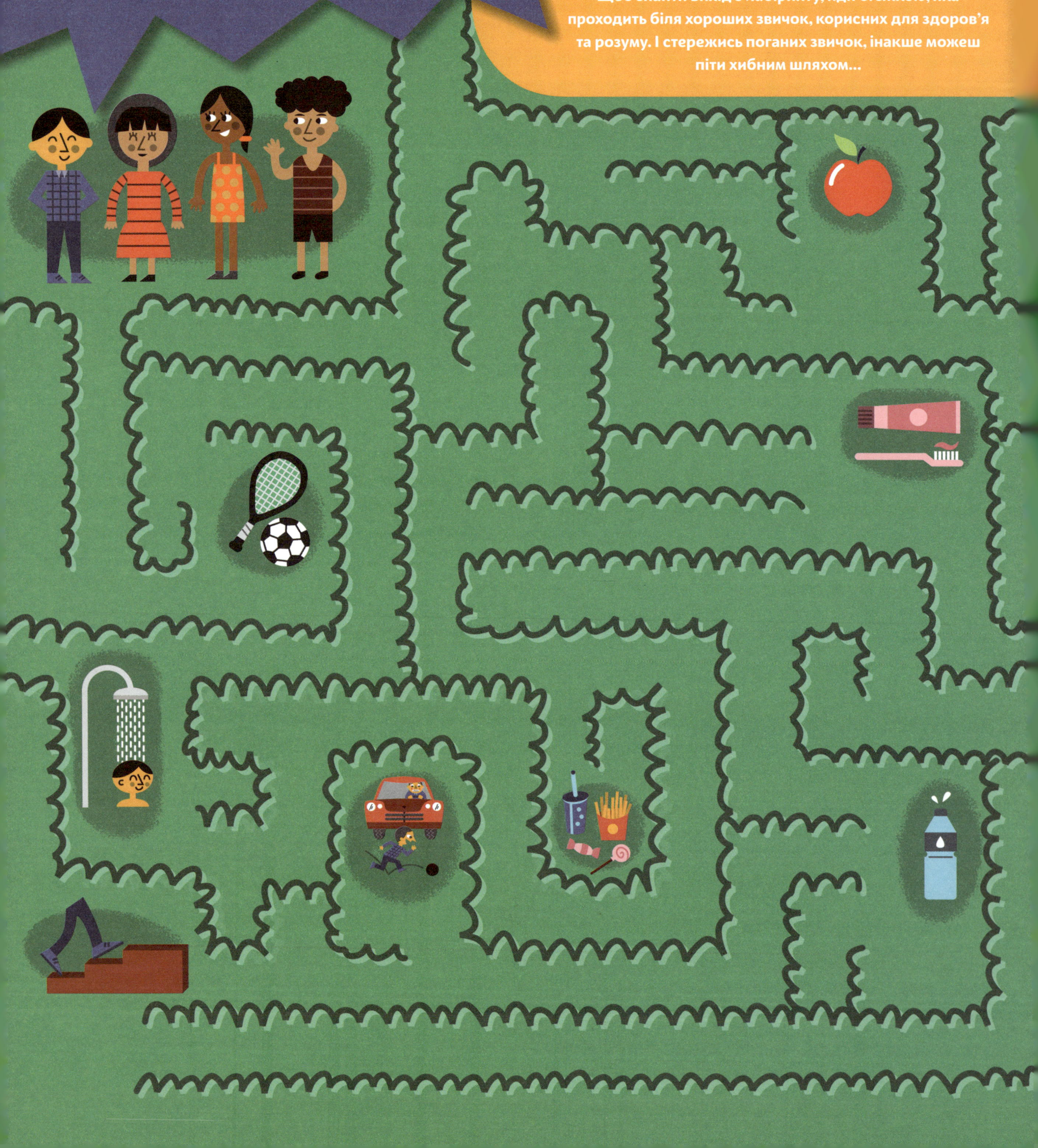

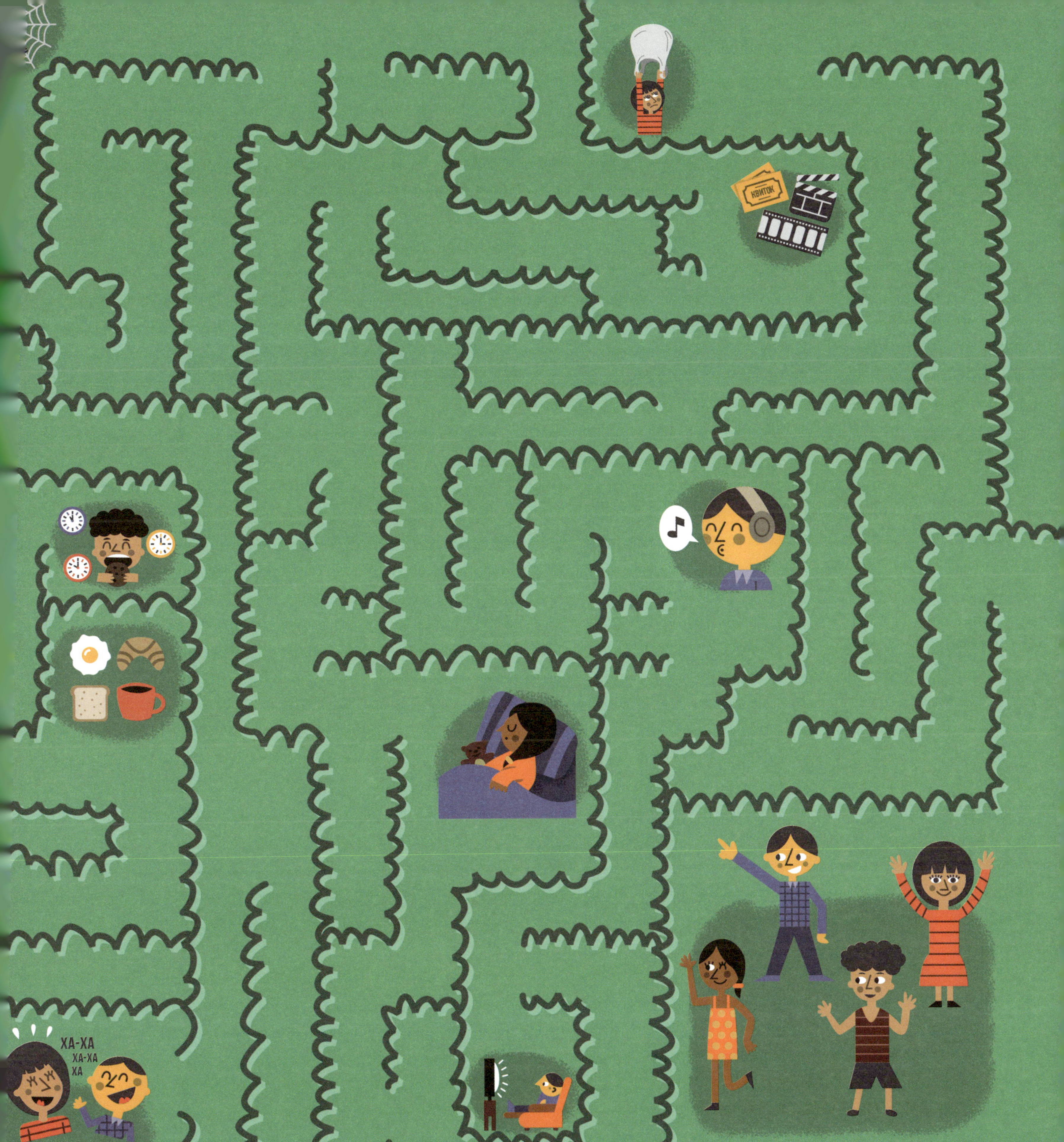

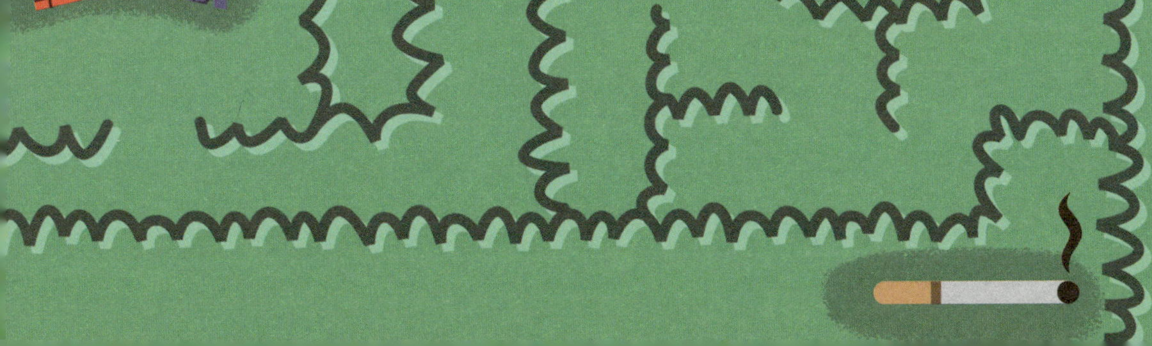

РАДІСНІ ТА В ЧУДОВІЙ ФОРМІ

Браво! Ти зміг уникнути всіх помилок: перекусів у фаст-фуді, недостатньої фізичної активності, небезпечних ігор, шкідливих продуктів, порушень гігієни. І далі займайся спортом, правильно харчуйся, спілкуйся з друзями, читай, слухай музику...
Ти на правильному шляху до збереження гарної форми!

ВІДПОВІДІ

Ось найкоротші маршрути, якими можна пройти крізь лабіринти, уникнувши пасток та хибних шляхів.

С. 4-5 :

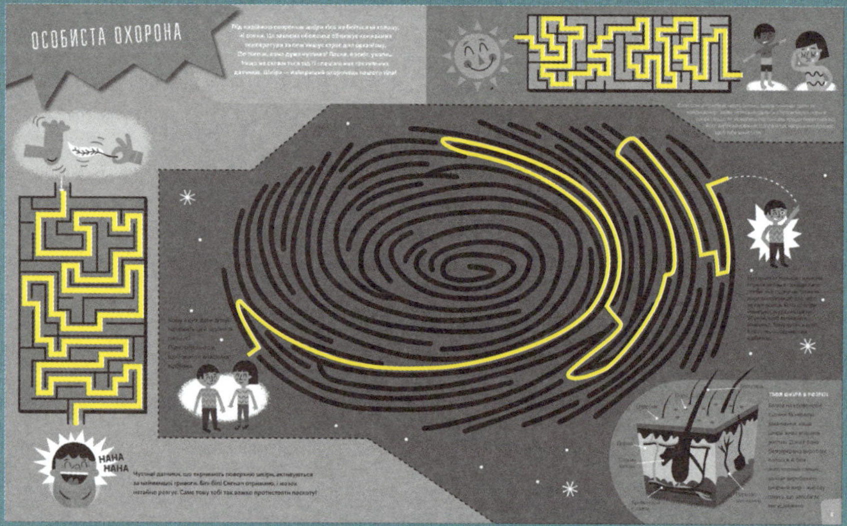

С. 6-7 :

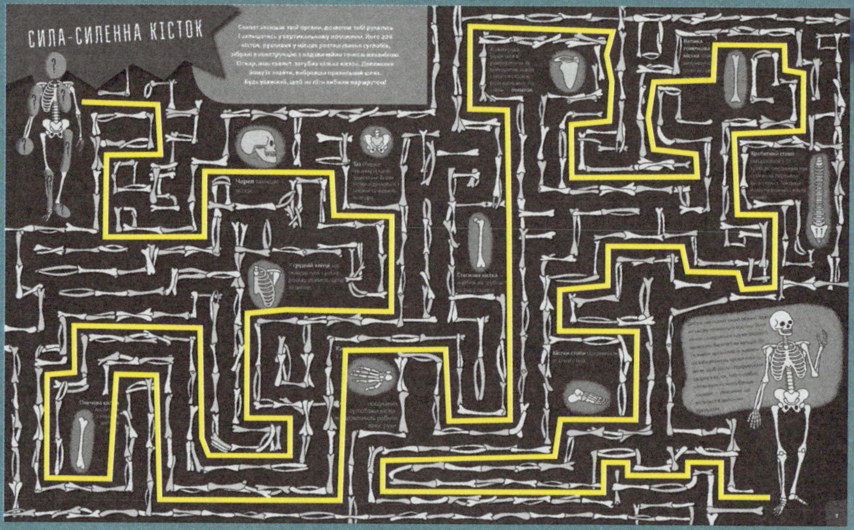

С. 8-9 :

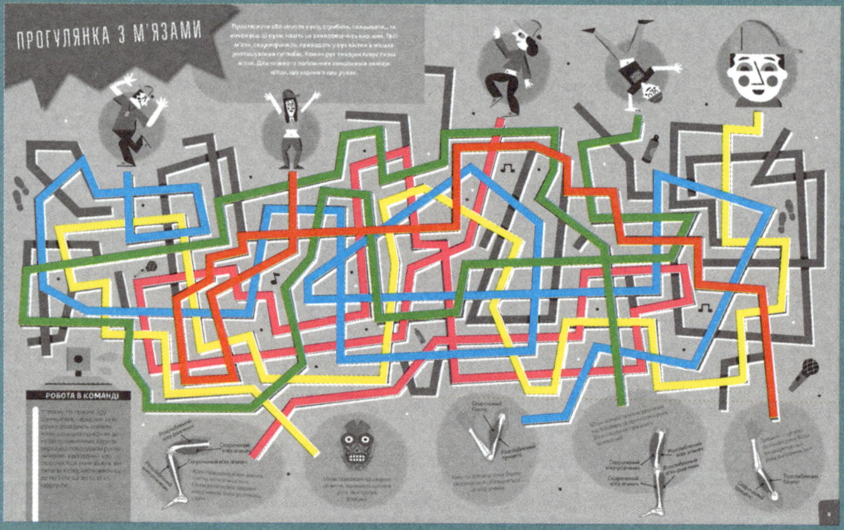

С. 10-11 :

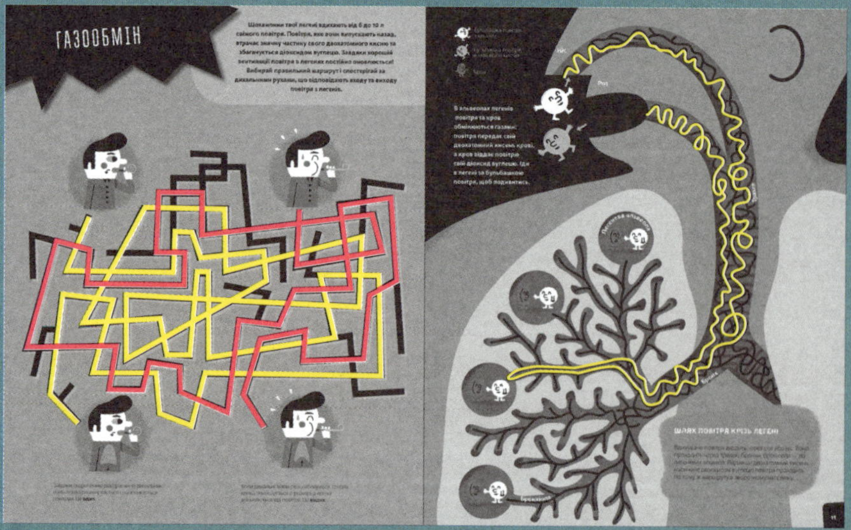

С. 12-13 :

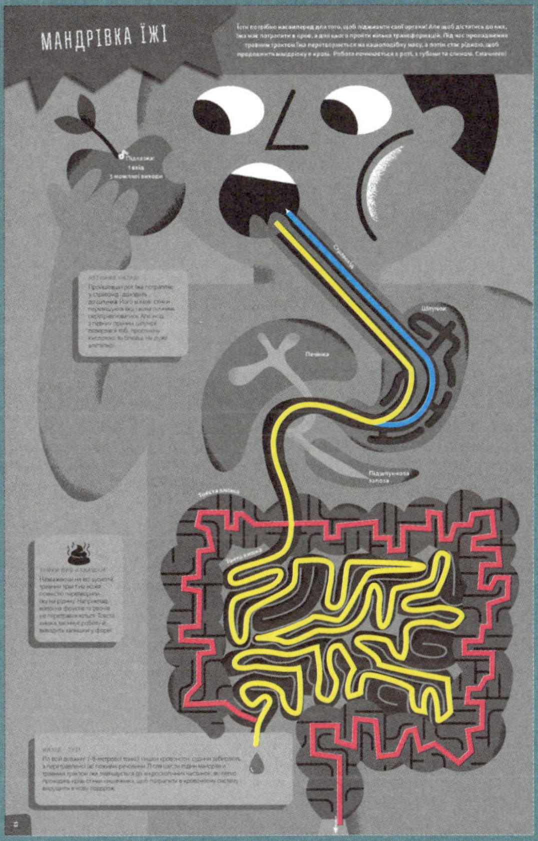

С. 14-15 :

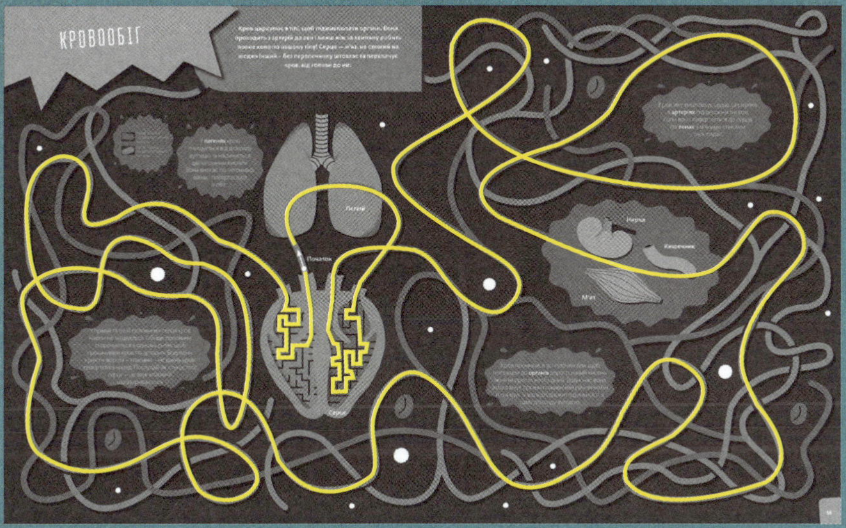

С. 16-17 :

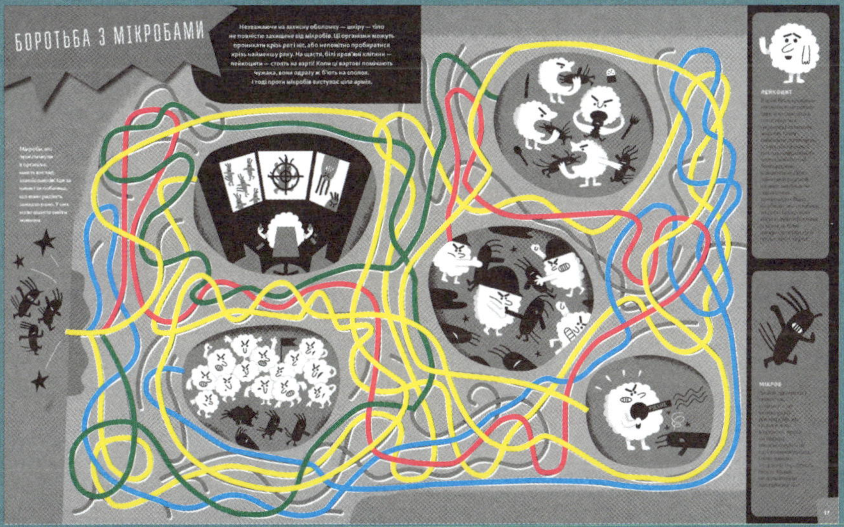

Усі шляхи ведуть до знищення мікробів. Для них немає жодного виходу!

С. 18-19 :

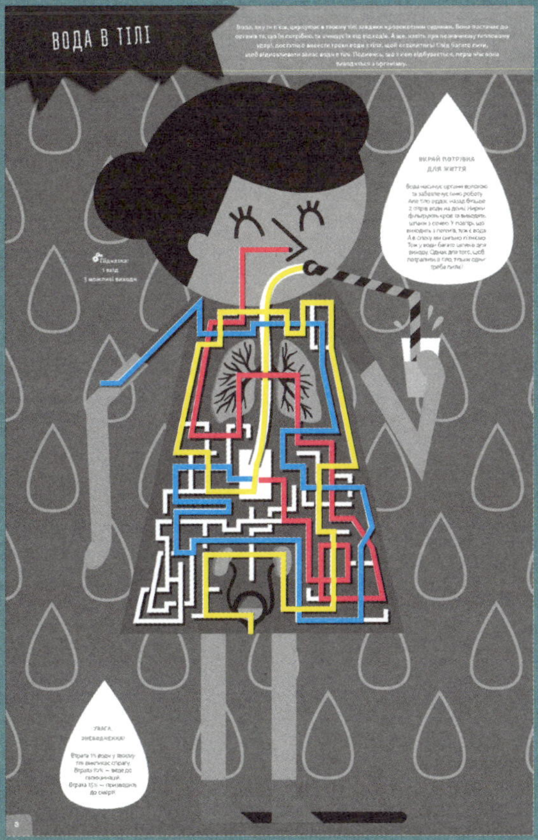

С. 20-21 :

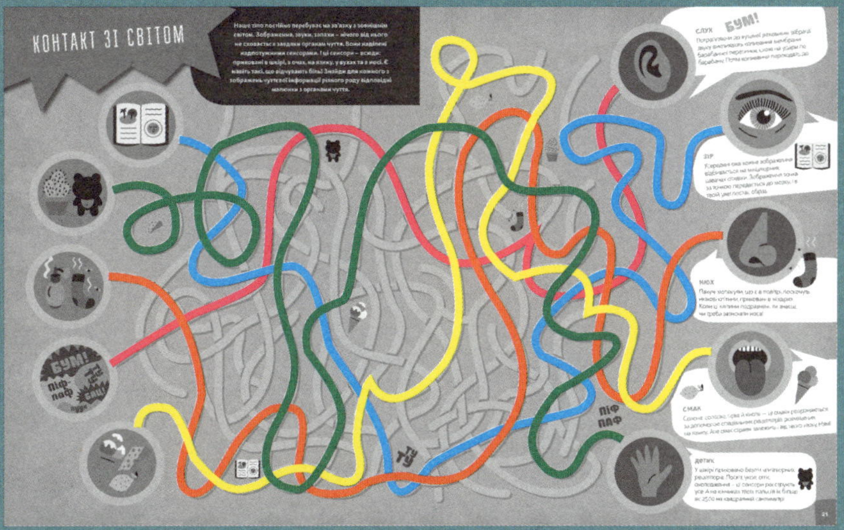

С. 22-23 :

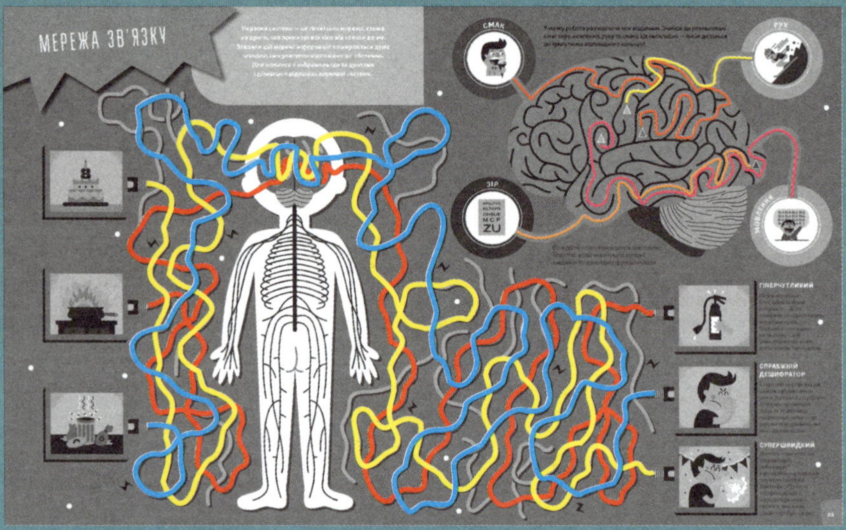

С. 24-25 :

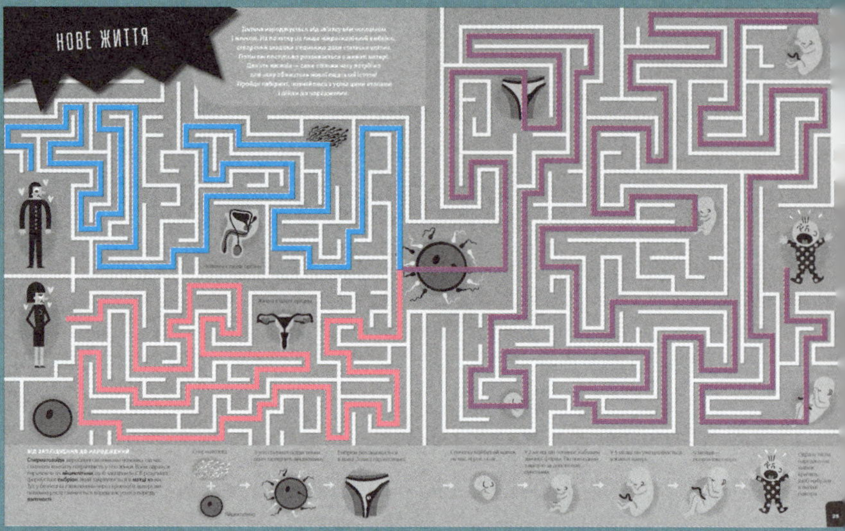

С. 26-27 :

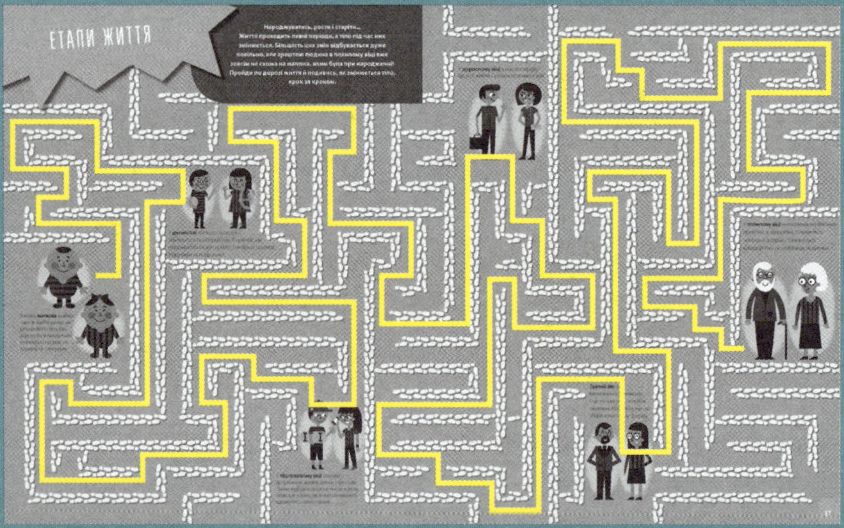

С. 28-29 :

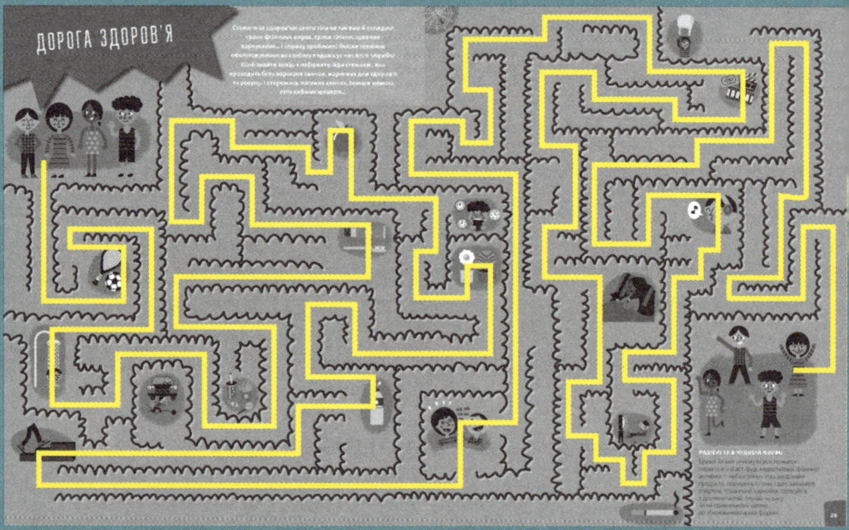

Пізнавальна книжка-гра
ТІЛО ЛЮДИНИ
Клодін Ґастон, Крістіан Камара та Жеремі Клейс

Друге видання
Серія «Книжка-гра»

Перекладачка з французької Євгенія Ромінська
Літературна редакторка Оксана Батюк
Дизайнер Богдан Стрільчик
Наукова консультантка Лариса Павловська
Головна редакторка Марія Курочкіна

Тіло людини. Пізнавальна книжка-гра / Клодін Ґастон, Крістіан Камара ; іл. Жеремі Клейс ;
пер. з фр. Євгенії Ромінської. — К. : Вид-во «АРТБУКС», 2018. — 32 с.

Видавництво «АРТБУКС»
Свідоцтво про внесення до державного реєстру видавництв
ДК № 5019 від 01.12.2015

Адреса для листування:
01004, м. Київ, вул. Велика Васильківська, 13/1, оф. 200
тел.: 0 (800) 30 90 03
www.artbooks.ua
artbooks.ua
publishingartbooks

Підписано до друку 02.09.2020.
Наклад 2000 прим. Зам. № 2408

Віддруковано «Типографія від "А" до "Я"»
Адреса: м. Київ, вул. Колекторна, 38/40
тел.: +38 (044) 562 41 42